大活字本シリーズ

信長死すべし《上》

山本兼一

埼玉福祉会

信長死すべし

上

装幀　関根利雄

目次

天正十年四月二十二日
京　内裏

九重《ここのえ》の内　正親町帝

一

清涼殿《せいりょうでん》の真ん中に、帳台がしつらえてある。

白絹で囲まれた九尺四方の狭い空間に入ると、当今正親町方仁《とうぎんおおぎまちみちひと》は、厚畳《あつだたみ》に腰をおろした。

脇息《きょうそく》にもたれて、目を細めた。

天蓋《てんがい》と四方に垂らした薄い絹を透かして、淡く、おだやかな光がたゆたっている。

帝《みかど》の心は、おだやかでない。

胸に大きな腸繰《わたくり》の鏃《やじり》でも突き刺さったように息苦しい。

――目障りな男だ。

信長《のぶなが》のことである。

織田《おだ》信長が、またしても、とんでもないやっかいごとをもたらした。

――今度という今度は……。

帝として、堪忍袋の緒を切ってもよかろう。もうこれ以上の忍従はできない。

信長は、これまでに、いくつもの難題を朝廷に押しつけてきた。因縁は深く、葛《かずら》や藤のごとくからみ合っている。

あの男が初めて参内《さんだい》したのは、たしか、足利義昭《あしかがよしあき》を奉じて上洛《じょうらく》した年であった。

もう、十年以上もむかし、そう、永禄《えいろく》十一年のことである――。

大軍団を引き連れた信長が、京から三好《みよし》三人衆を追い散らし、畿内《きない》を平定した。

朝廷では、足利義昭を征夷《せいい》大将軍に補任《ぶにん》したので、信長もともに参内した。

――どんな男か。

飛ぶ鳥を落とす勢いの武家だというので、じつのところ、顔を見るのを楽しみにしていた。

清涼殿で遠目に見た信長は、たいそう力のみなぎった男であった。

――あれほどの男なら。

きっと、内裏《だいり》と将軍を守り立て、平安な世をもたらしてくれるだろうと期待した。ただのありきたりの男ではない、という強い印象がのこった。

信長は、年の暮れにいったん美濃《みの》に帰った。

正月になって、三好三人衆が足利将軍のいる六条本国寺《ほんごくじ》を攻め立てた。大雪にもかかわらず、信長は十騎ばかりの供を連れただけで、すぐに上洛してきた。

むろん、間もなく八万の軍団が追いついて、ふたたび三好勢を追い散らした。

親しく話したいと思って、信長を小御所《こごしょ》前での左義長《さぎちょう》に招いた。

ところが信長は、拝謁もせず、杯《さかずき》も受けずに帰ってしまった。

左義長では、青竹を燃やし、爆竹の音を聴いてから杯ごとがある。たばねた青竹が炎で弾《はじ》けて盛大な音を立て、竹に結んであった何本もの扇が火の粉とともに舞い飛ぶと、信長はもうそれ以上用事がないとばかりに帰ってしまった。

杯のしたくが遅かったので怒ったらしい、と、あとで武家伝奏《ぶけてんそう》の勧《か》修寺晴右《じゅうじはれみぎ》から聞いた。

左義長の日の酒は、さかんに鳴り響いた爆竹のあとの静寂を楽しむものである。

あの男は、それが待てなかったのだ。

——気の短いことよ。

すこしあきれたが、鄙《ひな》の武者には夜郎自大な傲慢者《ごうまんもの》が多い。都の流儀を知らぬのだろうくらいに考えていた。

それからしばらくして、信長が京で宿にしている本能寺《ほんのう》に勅使を立て、副将軍になるよう求めた。

なんの返答もなかった。無言のうちに断ってきたのである。

——いったいどういうつもりか。

最初は、不思議でならなかった。

足利義昭を奉じて入京したのだから、彼の側近となることに、なんの不満があるというのか。

織田の家は、信長の祖父あたりから弾正忠《だんじょうちゅう》を称していたという。

ならば、副将軍は大栄達である。もとはといえば、尾張《おわり》守護代の分家ではないか。いったいなにを高望みしているのか、理解に苦しんだ。しかし、いまとなってふり返れば、すべてのできごとの断片がことごとく結びつき、つながり合って、信長の素顔となって見えてくる。とてものこと、おとなしく副将軍の地位に甘んじる男ではない。神をも抹殺しかねないほど巨大な野心の炎を、すでにあのころから燃やしていたのだ。

あのとき、信長は正月から初夏になるまでずっと京にいた。大勢の将兵を率いていたから、都はいったいどうなることかと案じていたが、織田の軍紀は存外厳粛で、洛中の混乱はなかった。

四月に美濃に帰ったと思っていたら、十月にまた京にやってきた。初めて間近に信長の顔を見たのは、その時であった。

紫宸殿《ししんでん》と清涼殿のあいだの長橋そばの座敷に召して、杯を下賜《かし》した。そんな狭い部屋をえらんだのは、できるだけそばで顔を見たいと思ったからであった。

しげしげと見れば、信長は奇相であった。

正直なところ、人に見えなかった。

人であるよりも、むしろ、鋭利な意志の塊であるかと思えた。

面長な顔はよく日に焼けているが、眼光がぞっとするほど冷ややかであった。

これまで会ったどの武家とも、まるでたたずまいが違っていた。

武家ばかりではない、公家《くげ》はむろんのこと、僧侶《そうりょ》や修験者《しゅげんじゃ》、陰陽師《おんみょうじ》、神職、相撲取、能楽師……、どんな人間とも、違った生き物に見えた。

粗野な男ではなかった。

礼法は心得ている。立ち居振る舞いは慇懃《いんぎん》で、鷹揚《おうよう》でさえあった。

しかし、人ではない――。

そばで見ていると、それがひしひし伝わってくる。

激烈な魂魄《こんぱく》を、薄い皮膚の内に無理に押し込めたように、閑《しず》かにすわっていた。

とてつもなく熱くどろどろした野心と欲望を秘めているくせに、それを人のかたちをした皮で包み隠しているようであった。人というより、むしろ、魔物か物《もの》の怪《け》にちかい生き物かとさえ感じた。

底の知れぬ輩《やから》だと、いささか怖ろしかった。

案の定、それからしばらくして、信長は、将軍足利義昭を攻め立て、追放してしまった。まったく、あの男のしたことを思い返せば、全身に冷ややかな汗がつたう。

対面のときの直感は、正しかったのである。

それから、信長は、内裏の修築費用として一万貫文を献上したりして、殊勝なところを見せていたが、やがて本性を露《あら》わにしはじめた。

まず、もち込んできたのが、改元の話であった。

勧修寺晴右が信長の代官と相談して勘申《かんじん》した天正《てんしょう》という元号は、朕《ちん》の好みからしても、けっして悪くない気がした。

「老子に、清静者為天下正《せいせいはてんかのせいたり》とございます。清く静かなる者が、天下の規範となるとの謂《いい》でおじゃります」

説明を聞いて、その元号がさらに気に入った。文選《もんぜん》にも謂《いわ》れがあったと思いあたった。

「元亀《げんき》よりは、めでたげである」

つぶやくと、今出川《いまでがわ》に屋敷のある菊亭晴季《きくていはるすえ》が顔をくもらせた。

「文字面はよろしゅうおじゃりますが、織田殿の存念を危惧《きぐ》いたしまする」

「どういうことかな」

信長は天下人《てんかびと》となりたがっている。天とは、彼自身のことにほかなるまい、と菊亭は語った。

改元についての朝議は紛糾した。力のある信長に頼るのがよかろうという者と、信長の力を怖れる者に二分された。

あのときの朕は、信長の本性を直感しながらも、帝である自分にこそ力があると過信していたのだ。

「平城《へいじょう》、平安の御代《みよ》と違い、いまは武家あっての朝廷である。まずは武勇天下第一の信長の望みを聞いてやるがよかろう」

そう裁定したのは、まだしも信長を御《ぎょ》せると考えていたからだ。改元は一万貫文を献上した礼のつもりであった。

ところが信長は、すぐさま、さらに朝廷の問題に口をはさみはじめた。

いつも京にいる代官の村井を通じて、たいそうなことを言い出したのである。

「譲位なさいませぬか、との御勧告にございました」

武家伝奏の甘露寺《かんろじ》と庭田《にわた》が困惑した顔で口を開いた。

譲位をする、せぬは、もちろん帝の専権事項である。上皇や公卿《くぎょう》たちが容喙《ようかい》することはあるにせよ、武家が口をはさむことがらではない。

しかし、あのときは、あの男を利用するなによりの機会だと考えた。

なにしろ、国譲りの儀と践祚《せんそ》、即位の儀をとりおこなうとなれば、百官が束帯をととのえて居並び、新しい帝は高御座《たかみくら》にすわる。古い高御座はみずぼらしい。漆《うるし》を塗り直し、金の飾り金具や帳《とばり》を替えるだけでも相当な物入りである。伊勢《いせ》神宮や各地の陵《みささぎ》に勅使を出さねばならず、出費がただごとではない。信長がそれを負担してくれるのなら、よい潮だ。朕も五十を過ぎていたし、あとは誠仁《さねひと》に任せ、上皇となって睨《にら》みをきかせるのも悪くないと考えた。

それゆえに、あの男に宛てて宸翰《しんかん》（天皇直筆の文書）を書いた。

——譲位のことは、後土御門院《ごつちみかどいん》以来、望んではいたが叶《かな》わず仕舞いであった。譲位を勧めるそのほうの意見はまことに奇特であり、朝家再興の時がいたったと頼もしく悦《よろこ》んでいる。

そんな消息を手ずから書いた。

ところが、朕の宸筆を証文にでもしたつもりか、あの男は、それ以上、譲位のことを言ってこなくなった。費《つい》えがかかり過ぎるのに気づいたのだろう。あの宸翰さえあれば、いつでも譲位させられると見くびられた気がした。

それから十年近くも譲位のことは沙汰《さた》におよばなかったのに、近頃になってまた蒸し返してきた。朕に退位するようくり返し求めてきた。

あの男の招きを受けず、安土の城に行幸《みゆき》しなかったのを不愉快に思っているらしい。いまになって誠仁を帝にして、思うままに内裏をうごかすつもりなのだ。

朕は、あの男ととことん戦う腹を決めた。

頑固な天《あま》の邪鬼《じゃく》となって、けっして首を縦にふるまい。

そう決心したのである。

いまさら誠仁親王に皇位を譲ってしまえば、信長が勝手な暴走をするのは、目に見えている。そんな真似はさせられない。

天正と改元してから十年のあいだに、信長は急速に勢力を拡大していった。

比叡山《ひえいざん》を焼き討ちしたかと思えば、越前《えちぜん》や伊勢をも攻め立て、版図《はんと》をひろげた。

朕のもとには、越後《えちご》の上杉《うえすぎ》や、甲斐《かい》の武田《たけだ》から、また、本願寺の顕《けん》如《によ》から、織田に肩入れせぬように、との文《ふみ》がしきりと届いた。

世間の目が、朕の危惧と重なっていることに驚き、また、納得したことであった。

誰の目にも、信長は、危ない男として映っていたのだ。公卿たちも、しきりとそれを口にした。

しかし、力のある武家を御してこそ、朝廷の権威が高まるではないか。

「信長がいかんというならば、三好三人衆が都に蟠踞《ばんきょ》していたままのほうがよかったのであろうか」

そう問い返すと、公卿たちは口を閉ざした。

「野放しにしておくのではない。悍馬《かんば》こそ飼い馴《な》らせば駿馬《しゅんめ》となる。武家同士を戦わせておけば、力が殺《そ》げる。ちょうど具合がよいわい」

朕はまだ、あんな若造になにができるかと、高をくくっていたのだった。

案の定、信長は泣きを入れてきた。

本願寺との合戦に手こずったのである。数万もの兵を投入し、多大の軍費を費やしたのに、大坂の石山御坊は落ちない。南無《なむ》の六字が強いのか、はたまた、一向《いっこう》門徒たちの持つ銭の力が強いのか、いくら人死にが出ても、彼らは石山の地を譲らなかった。

それで、信長がしきりと和睦《わぼく》を取りなしてくれと頼むから、恩に着せるつもりで、勅使を立てた。

あのときは、たしか、大納言庭田重保《しげやす》、勧修寺晴右のせがれで中納言の晴豊《はれとよ》らを遣わした。

調停は難航し、時間がかかった。

信長はそのあいだに、うまく戦局を有利に進めた。木津川《きづがわ》の河口に鉄鋼船を浮かべ、毛利《もうり》の水軍を撃退したところで、また和議のことを持ち出した。

朕は、庭田と勧修寺に、前《さき》の関白近衛前久《このえさきひさ》をくわえて、石山本願寺に遣わした。

結局、門徒衆は、石山を退去した。信長の希望通りになったのである。

しかし、信長はさして感謝したわけではなかった。

むしろ、朝廷をつごうよく使うことを覚えたようで、合戦のたびに、戦勝祈願するように求めてきた。

「朕を神主《かんぬし》の筆頭とでも思うておるようだな」

清涼殿の隅にある石灰壇《いしばいのだん》での祈禱《きとう》の前に冗談を言ってみたが、公卿たちは一人も笑わなかった。

ことほどさように、この十年余り、朝廷は信長に翻弄《ほんろう》されてきた。力のある者には、従うべし――。そう心得て忍従をかさねてきた。

しかし、それも、もう限界だ。

帳台のうちにすわっていても、胸が苦しく締めつけられる。気分がすぐれない。

初夏のいま、陽気はうららかだ。
さきほど庭に出てみると、空は青く晴れわたり、新緑の芽吹きが猛々《たけだけ》しかった。
四海平穏なれば、生あくびでも嚙《か》み殺して、ごろりと横になりたい時候である。
――あの男さえ消えてくれればそれができる。
即位して帝となって、すでに二十年余り。
――朕も、還暦をとっくに過ぎた。
この歳になって、これほどの心労に悩まされるとは、思っていなかった。
いまは、天地にあふれる初夏のおだやかな陽気が、むしろ忌々《いまいま》しく呪わしい。

——天は晴れ晴れとしているのに、朕のこころには暗雲がたれ込め、まるで晴れそうもない。

むしろ、強烈な竜巻が、すぐにも襲ってきそうな不安と危惧を抱いている。

二

朕《ちん》の不安と危惧の種は、信長がこれからなにをなすかの一点にある。

信長は、この三月から、信濃《しなの》、甲斐の武田討伐に、数万の軍勢を率いて遠征している。

その遠征に、太政大臣近衛前久が従軍していた。

引き連れた人数は、せいぜい五十人ばかりだが、軍勢の多寡《たか》が問題なのではない。太政大臣本人が、織田の軍勢に付いていくという事実に意味がある。

近衛のほかにも、日野輝資《ひのてるすけ》、飛鳥井雅敦《あすかいまさあつ》、烏丸光宣《からすまるみつのぶ》、正親町季秀《すえひで》らが、信長の要請を受け、それぞれ数十人の青侍《あおざむらい》を連れて従軍した。信長としては、自分の背後に朝廷がいることを見せつけたかったのであろう。

こたびの武田討伐が成功したとの報《しら》せはとっくに届いている。出陣にあたっては、朝廷でも戦勝祈願をおこなった。

そのうえで、陣中見舞いの勅使として万里小路充房《までのこうじあつふさ》を甲斐に送った。

吉田神社の神官兼和《かねかず》（のちの兼見《かねみ》）も、近衛前久の家礼《けらい》であることから、甲斐に使者を送った。

つい先日の四月十五日、兼和の使者が、勅使よりさきに京に帰ってきた。

使者は、信長本人や、惟任日向守《これとうひゅうがのかみ》すなわち明智光秀《あけちみつひで》、森乱丸《もりらんまる》、それに前久らの書状を持ち帰ったとかで、兼和が内裏に届けに来た。

「織田が勝ちましてございます」

どの文《ふみ》も、甲斐源氏の棟梁《とうりょう》武田四郎勝頼《かつより》が、三月のはじめに、甲斐のどこかの山で自刃したことを伝えていた。

首実検には、前久も立ち会ったらしい。織田の勝利はまちがいなかろう。

――負ければよいのだ。

織田の軍勢を迎え撃つ武田勝頼が、巧妙な反撃に転じて、信長を殲《せん》滅《めっ》してくれればよい。ずっと、そう考えていた。さすれば、あの男を怖れることはなくなる――。

しかし、織田が勝った。

武田はすでに、長篠《ながしの》以来弱体化していた。勝てるはずがなかった。

吉田兼和が、朕の顔色をうかがいつつ、言いにくそうに口を開いた。

「気がかりなことがございます」

「申せ」

「はい。たいへん重大なことでございますれば、わたくしの口からお伝えしますより、官位をもたぬ者でございますが、耳にした使者本人に語らせとうございまする」

朕はうなずいた。

縁に出ると、若くていかにも健脚そうな男が、玉砂利に這《は》いつくばっていた。

「直答のお許しが出た。おまえが甲斐の陣で、信長殿から直接承った話を、帝にお聞きいただくがよい」

若い男は、平伏したまま、さらに額を地面にすりつけた。

「織田信長殿、信濃、甲斐のこと、みごと平定なさいましてございます」

「それは分かっておる。信長からなにを聞いた」

先をうながした。

「はい。信長殿は、甲斐討伐から帰国なさいましたならば、つぎは大坂に城を築くとの仰せにございました」

「大坂にな……」

それは、予想していた。

信長があそこまで大坂の石山本願寺攻めに固執していたのは、石山の地に城を築きたいからであろう。

本願寺の門主や一門が退去した夜、あまたあった大堂伽藍《がらん》が炎上した。おそらくは、誰かが放った付け火であろう。伽藍は三日三晩燃え続けたと聞いた。

伽藍があれば、その古材を使って城郭を築くことができる。材木がなければ、城を築くのに一から材木を集めなければならず、たいへんな労力と時間がかかる。

もっとも、いまの信長の権勢ならば、材木などはいかようにも調達できよう。

若い男がさらに口を開いた。

「大坂の城は、安土《あづち》とはまるで違うと仰せです。広い台地のうえに、商人《あきうど》、匠《たくみ》を集め、城のなかに大きな町をつくるそうにございます」

信長がいつもやってきたことだ。岐阜でも安土でも、あの男は人と銭を集めておのれの力にしてきた。

「町でつくらせた物産をもって、信長は南蛮と貿易するつもりだそうでござる」

吉田兼和がつけ加えた。

南蛮の伴天連《ばてれん》相手に、あの男はいつかは朝鮮から明国《みん》に討ち入りたいと話したことがあるそうだ。わらべの夢のごとき物語だと思ったが、いまは、それが現実になろうとしている。

「それで、肝心なことを話せ」

男をうながした吉田兼和のひと言が、朕の全身に鳥肌を立たせた。

悪い予感がした。

「まだあるのか……」

「信長殿は、大坂の城に御動座なさるとのこと」

若い男が、顔を上げぬままに話した。

「城を築けば、むろんそうするであろう」

「信長殿は、大坂城内に、内裏を築くとの仰せにございました」

「なんだとっ」

苛立《いらだ》って、つい膝立《ひざだ》ちになった。

そのまま階《きざはし》を降り、若い男のそばに寄った。

「いま、なんと言うた。もう一度申すがよい」

「大坂の城内に内裏を築かれるそうにございます」

朕は、目眩《めまい》がした。

喉《のど》が詰まって息苦しくなった。

——またか。

眉間《みけん》に深い皺《しわ》の寄ったのが、自分でも分かった。

信長は、安土城の本丸に、清涼殿そっくりそのままの館《やかた》を築いていた。

ぜひとも、そこに行幸《みゆき》なされませ——との誘いをくり返し受けた。

朕は断った。

断固として断った。

そんなところに行ったら、なにをされるか分かったものではない。

毒を飲まされ、殺されたところで、たまさかご病気で……、とはぐらかされたら、誰も真相を究明できまい。

「大坂の内裏には、ぜひとも帝ばかりでなく、親王、公卿方にも御動座願いたいとの仰せでございました」

若い男が肩を震わせながら話した。

「それを、おまえはどうやって聞いた。信長はどうやって話した」

朕は思わず男の肩をつかんでいた。

「はい、陣中にて、近衛様ほか、武将方との饗宴《きようえん》を開かれ、その席にわたくしも吉田兼和の名代として侍《はべ》れと仰せられまして……」

ならば、本気であろう。

いや、あの男はいつも本気だ。夢のごとき物語を本気で現実にしようとしている。

「遷都……、でございましょうか」

やはりそばに寄っていた勧修寺晴豊がつぶやいた。武家伝奏として役に立つ男である。

「遷都を決めるのは、帝である朕だ。ほかの誰がそんなことを決めるというのだ」

「われらは、どうなりましょうか」

「公卿から五位の公家にいたるまで、ことごとく大坂城内に屋敷をかまえよ、と、信長が言ったのだな」

吉田が若い使者をうながした。

「さ、さようでございます」

それを聞いて、菊亭晴季が力なく首をふった。

「へたをすれば、信長めは京の町をすべて焼き払いましょう」

考えられることだった。

岐阜から安土の城に移ったとき、家族を岐阜に残したまま引っ越さない家来の家を、あの男は自ら馬で駆けまわり、火を放って焼き払った。

そうなれば、もはや、引っ越すしかない。

——信長め……。

朕は、幼いころから、怒りという感情をほとんど知らずにそだった。九重《ここのえ》の内裏のうちには、朕を気づかう者ばかりがいる。わざわざ朕の気持ちに逆らう者はいない。

若い男から、大坂城動座のことを聞いて、今日で七日たった。

――遷都など。

馬鹿げきった話だ。

信長も、本気で話したわけではないのかもしれない。戦勝の祝宴の座興かもしれない。

それにしても――と、また目眩がした。

このまま信長を放置しておけば、遠からぬ将来、必ず朕を放逐《ほうちく》するであろう――。

これまでの足利将軍への仕置きを見ていれば、それはもうまちがいないことだ。

――なんとかせねばならぬ。

目障りな信長をどうすればよいか。

朕は、白絹の帳台のなかで、ゆっくり物思いに耽《ふけ》った。

三

四月二十二日の夕刻であった。縁に出てみると、すでに日が傾き、初夏の空が透明感を増している。

「太政大臣がお見えでございます」

舎人《とねり》の告げたことばに、朕《ちん》はうなずいた。

信長の本隊は、昨日のうちに安土に凱旋《がいせん》しているとの報せが届いていた。

太政大臣の近衛前久が、安土で一泊して帰洛したのだ。

東庇《ひさし》の間《ま》にある昼御座《ひのござ》で対面した。帳台のすぐ前、二枚ならべた繧《うん》繝縁《げんべり》の厚畳の玉座である。

遠征から帰ったばかりのせいか、前久はいささか憔悴《しょうすい》しているように見えた。黄色い狩衣《かりぎぬ》が、ずいぶん埃《ほこり》っぽい。

「長旅で窶《やつ》れたか」

「いえ。すぐにご報告をと存じまして、屋敷に着替えにも寄らず参りましたゆえ」

朕は、うなずいた。

「織田信長殿、安土に凱旋でございました。すでに文《ふみ》でご承知のことと存じますが、信濃、甲斐では赫奕《かくえき》たる大勝利。流れに浮かぶ川舟が、ただするすると進むがごとき進撃でございました。武田四郎勝頼の首をば討ち取りましたこと、わたくしも、この目でしかと確かめて参りました」

前久が平伏した。

「さようか……」

朕はことばが継げなかった。信長の勝利を聞いているだけで、苦しい思いがこみ上げてくる。

「帰路は、沿道の各地で、地侍といわず、百姓といわず、歓迎、祝福の嵐でおじゃりました。それはもう、盛大なる祭りのごとき歓待ぶりに、信長殿もご満悦のごようす……」

聞いていて、気分が悪くなった。この男は、いったいなにをしに行ったのか。

「そちは、信長の機嫌を取りむすぶために従軍したのか」

前久の面長な顔に狼狽《ろうばい》の色が浮かんだ。

五摂家筆頭のこの公卿は、穏やかなよい顔をしているが、いささか状況に流されやすいきらいがある。若いころから、越後、丹波《たんば》、薩摩《さつま》などを流浪しなければならなかったのは、むろん、困窮のために都では暮らしが立たなかったという理由があるにせよ、この男の定見《ていけん》のなさも、大いに関係しているに違いない。

「織田が勝ち、武田が滅びた。そのことは、もはや、それでよい。それよりも、そちが聞いた信長のことばを話すがよい。あの男が、これから京と朝廷をどのようにあつかうつもりかを知りたいのだ」

ことがことだけに詰問《きつもん》の口調になってしまった。

「武田が滅びたいま、織田家は東方に不安がなくなった。あの男は、大和《やまと》六十六州の平定に乗りだすであろう」

「まことに御意のとおりにおじゃりましょう」

「まずは西だ。あの男は大坂に移るつもりだな」

近衛前久が、狩衣の裾《すそ》を直して一礼した。

「たしかに信長殿は西国平定を考えておいで。いま、中国の毛利を攻めているのは羽柴筑前守秀吉《はしばちくぜんのかみひでよし》におじゃりますが、さらに援軍として惟任《これとう》日向守光秀を送るおつもり。四国の長宗我部《ちょうそかべ》は、三男信孝《のぶたか》に攻略させる算段でござる」

いまの信長は、とてつもなく勢いづいている。騎虎《きこ》の勢い、などというものではない。もはや激しく渦巻いて吹き荒れるつむじ風である。毛利と長宗我部は、織田の軍勢の進撃を食い止められるかどうか。

このまま、織田家が勝利をつづけ、力をもてば、いったいどうなることか。

いったんは利用した足利将軍を、役に立たぬとなれば簡単に攻め滅ぼした信長である。

朝廷が、そして朕が、足利将軍と同じ運命にならぬと誰がいえる――。

「そのために、大坂に城を築くというておるのだな」

「はい。大坂石山の台地は広く、これまでにない大城郭を営むとの仰せでおじゃった。城の中に、町を築くそうにおじゃります」

「内裏も、というたのだな」

「御意」

朕は黙した。

黙って、考えた。

大坂に内裏ができて、移徙《わたまし》を拒否したら、どうなるか――。

「京をどうすると、申しておったか」

たずねると、近衛前久が、顔をくもらせた。

「大坂の城を築く材木が足らぬゆえ、京の大堂伽藍や公家の家々を取り壊し、その材木を使うと申しておりました」

足元に無間《むけん》の奈落《ならく》が、口を開けて待ちかまえている不安にとらわれた。

「戦勝の祝賀のこと、いかがいたしましょうか」

前久がたずねた。

「今朝のうちに勅使を立たせた。ゆるりと進むだろうが、明日には着くはずだ」

とてものこと祝いなどする気分ではなかったが、勧修寺晴豊と、やはり大納言の庭田重保、甘露寺経元《つねもと》を安土に送って、丁重に祝いを述べるように言いつけておいた。

前久の話を聞いて、腹を決めた。

――朝廷が生き延びるためには、もはや、そうするしかない。

じつは、先日、吉田兼和が連れて来た男の話を聞いてからずっと考えていたことだ。

いま前久の話を聞いて、はっきりそうすべきだと結論した。

控えていた舎人を呼ぶと、耳元でささやいた。

「毛抜きの太刀《たち》を持って参れ」

内裏の蔵には、おびただしい数の武具や太刀が収めてある。

「沃懸地《いかけじ》で菊紋の入った鞘《さや》だ」

蔵のなかのどの太刀か、具体的に指示した。

舎人がもどるまでのあいだ、いま一度おのれの判断が間違っていないかどうか考えた。

間違っていないと確信した。

――あの男は、いかん。危険、きわまりない。

それが結論だった。

舎人が、長い刀箱を両手で捧《ささ》げ持ってもどってきた。箱を玉座の前に置いた。

目でうながすと、箱の蓋《ふた》を開け、なかの太刀を取り出した。

漆《うるし》に、すきまなく金粉を沃《そそ》ぎかけて磨き上げたのが沃懸地である。

そこに菊の紋章と唐草の蒔絵《まきえ》がほどこしてある。

刀身と一体となった共柄《ともづか》で、鮫皮《さめがわ》も糸も巻いてない。その柄《つか》に、毛抜きのような細長い透かしがあるので、この名がついている。柄そのものに反りがあり、刀剣の古い形を伝えている。

朝命を受けて、叛乱鎮撫《はんらんちんぶ》などに赴く武将にわたす任命の標《しるし》の太刀である。節刀《せっとう》とも称される。

太刀を見て、前久の顔が厳しくなった。節刀を持ち出した意味を悟ったのだ。

「信長死すべし」

朕は一語ずつはっきり口にした。

前久の全身がこわばっている。

「信長を粛清せよ」

朕は摑《つか》んだ太刀を前久に突きだした。

「…………」

前久は黙した。太刀に手を出さない。

「このままでは、朝廷がなきものにされること必定《ひつじょう》である。しかるべき男に、信長を討たせよ」

前久が重い口を開いた。

「いったい誰に……」

「誰でもよい。信長以外の男が天下人になるなら、誰でもかまわぬ」

「……」

「あの男だけはいかん。織田信長を天下人にしてはならぬ」

前久の目が、じっと太刀を見つめている。

「この太刀がすなわち勅《みことのり》だと伝えよ」

前久のからだが、石のごとく固まったまま動かない。

「くれぐれも隠密《おんみつ》のうちにことをはこべ。よいな」

朕は、そうつけくわえた。

近衛前久は、吸い込まれるように太刀を見つめたまま、身じろぎひとつしなかった。

勅使来駕《らいが》

明智光秀

天正十年四月二十三日
近江　安土

一

安土の山が、初夏の陽炎《かぎろい》にゆらいでいる。
よく晴れた天には、白く小さなちぎれ雲が浮かんでいる。
その雲の白さが、空の青さ深さをさらにひときわ冴《さ》えわたらせている。
湖国は空が広い。

鳰《にお》の海（琵琶湖《びわこ》）の上空は、どこまでも青空がつづいている。

今日は、まだ午《ひる》にならぬというのに、ことのほか陽射しが強い。

明智光秀が、幅の広い大手道の石段を登っていくと、両側に積み上げた石垣と、建ち並ぶ屋敷の塀と屋根がゆらいで見えた。

顔を上げれば、山頂の天主もまた、ゆらいでいる。

朱塗りの柱に赤瓦《あかがわら》や金の軒瓦《のきがわら》をつかった五層の天主は、とても、この世のものとは思えない。ば、さ、ら、な異形《いぎょう》の香りがただよっているが、それにしては堅牢《けんろう》無比。いかな敵が攻めてきても、防御にぬかりはあるまい。

光秀は、若き日の流浪時代、大和六十六州をくまなく歩いた。その広い見聞に照らしても、この城以上の城を知らない。

——こんな城は、天下のどこにもない。

つくづくそう感じ入るのである。

若いころ、光秀は、不遇であった。

清和《せいわ》源氏のながれをくみ、美濃の守護を務める名家土岐《とき》家の末流に生まれたが、一人の家来とておらず、その日の食にさえ困る暮らしであった。

そんな境涯から這《は》い出そうと、光秀は人一倍努力した。

武芸を鍛錬し、学問に励んだ。

「名門土岐の一族であるぞ」

困窮した日々のなかで、厳格な父はしばしばそう語って光秀を叱咤《しった》した。

土岐宗家の頼芸《よりなり》が、蝮《まむし》と呼ばれた斎藤道三《さいとうどうさん》によって美濃を追われるにおよんで、光秀はますますおのれを磨くことの重要性を感じた。

――頭脳明晰《めいせき》な人間しか、生き残ることができない。

世を眺めわたすにつけ、そう断じるしかない。才覚のない武人は、必ず滅びる。それが、どうやら、この世の節理であるらしい。

できれば、なんとしても身を立て、頭《かしら》となり、将となりたい。それが人として生き残る道だ――そう念じ続けてきた。

不遇だっただけに、志は人よりはるかに高い。執念深くもある。その志と執念をもって諸国を遍歴して、見聞を広め、軍学を学んだ。

強く求め続けていれば、人はいつかそれを手に入れる。

遍歴のはてに、光秀は、近江《おうみ》に逃げていた将軍足利義輝《よしてる》と出会い、旗本となった。

義輝が松永弾正《まつながだんじょう》に殺されたのち、足利義昭に仕えた。

さらに、義昭を追放した信長に仕えた。

——思い返せば、わが人生の五十余年は、ただただ生々流転《せいせいるてん》。流れに浮かぶ木の葉のごとくであった。

それでも、つねに道義だけは貫いてきた——。

そんな自負がある。

いかに下剋上《げこくじょう》の世ではあっても、理由もなく主人を追い出したり、討ち果たしたりすれば、因果応報の報いがあるであろう。

松永弾正久秀《ひさひで》がよい例である。

人の道を踏みにじったがゆえに、最期は信長に攻め立てられて自爆しなければならなかった。

――善を積めばこそ、余慶《よけい》が得られる。

そう信じて、なにごとにおいても精進してきた。

諸国を歩いて学んだのは、なによりそのことだ。

しかし、信長――。

あの男ばかりは、どうにもそんな因果応報の埒外《らちがい》にいる。そんな気がしてならない。

ただ一人、おのれの志を屹立《きつりつ》させ、天《あめ》が下《した》のすべてを、おのれの志に従わせようとしている。

しかも、圧倒的な迫力をもって、である。

信長に仕えて、すでに十年余りになる。

岐阜の城のころからそうだったが、この安土の城を訪れるたびに、あらためて驚かされるのは、あの男の非凡な発想力である。

安土の城は、まさに信長の明晰さがそのまま形になったものだ。天才的な軍略家でなければ、考えつかぬ壮絶な城郭である。

城を築いた山の大きさでいえば、ここより大きな山城はいくらもある。

しかし、そういう山城は、ただ山頂と尾根のいくらかを削って曲輪《くるわ》をつくり、柵《さく》をめぐらせているだけに過ぎない。全山すべてがひとつの城というわけではない。建っているのは、丸太を組んだ見張り台や、板屋根の小屋ばかりだ。

この安土の城は、まるで違っている。

山腹のほとんどを階段状に削平《さくへい》し、主《あるじ》を守る楯《たて》のごとく、家臣の屋敷がずらりと建ち並んでいる。こんな壮大な城は、ほかに見たことがない。

しかも、石垣がふんだんに使ってある。

ただ土を掻《か》き上げた土塁や空堀《からぼり》などより、はるかに防御力が高く、鉄炮《てつぽう》で攻め立てられようとも、びくともしない。

――よくぞ、かくまで強靭《きようじん》な城塞《じようさい》を縄張りしたもの。

大胆にして周到な信長の発想力に感じ入らざるを得ない。

まこと、天下を睥睨《へいげい》する弓取りが、根城とするにふさわしい重厚な城郭である。

光秀も武将として、城塞の縄張りはつねに意識し工夫しているが、信長ほど大胆な発想はなかなかもてない。

城は、主そのものである。

大胆な将は、ゆるやかな構えの城を築くし、用心深く臆病《おくびょう》な将は、神経質に縄張りしてしまう。

この安土の城は、主である信長の性格そのままに、壮大にして剽悍《ひょうかん》、しかも自由闊達《かったつ》である。

守るにせよ、どこに攻めて出るにせよ、これほど機能的で役に立つ城はあるまい。

いつも、そう感じている。

その安土の城が、いま、明るい陽射しのなかで陽炎にゆれている。

光秀は、大手道の石段の途中で立ち止まり、山頂の天主を見上げた。

しげしげと眺めた。

朱や金色に彩られた天主が、ゆらいで見える。

――この城は、まぼろしか……。

ふと、そんな思いにとらわれた。

このあまりにも巨大な城郭は、織田信長という男の夢が、たまさか地上に結んだ露のようなものではないのか――。

確固たる現実の城であるよりも、むしろ、まぼろしとでも思ったほうが、納得しやすい気がしたのである。

もとはといえば、信長というただ一人の男の頭脳が発想した城である。

信長一人が死ねば、この城はたちまち泡沫《うたかた》のごとく消えてしまうであろう——。

陽炎にゆれる天主が、光秀には、そう見えた。

「いかがなさいました」

うしろを歩いていた左馬助秀満《さまのすけひでみつ》がたずねた。

秀満は、光秀の娘婿で、若いがまことに豪気な武者である。

「いや、なんでもない」

光秀は首を横にふった。

懐から手拭《てぬぐ》いを取り出すと、侍烏帽子《さむらいえぼし》をはずして月代《さかやき》の汗を拭《ふ》いた。

「甲斐遠征のお疲れが出たのではありませんか」

やはりうしろにいた斎藤利三《さいとうとしみつ》がたずねた。

利三は、美濃斎藤家の一族だが、蝮の道三とは別流である。光秀の家臣になったのは、つい二年ほど前のことだ。

「あんな遊山《ゆさん》のごとき遠征でくたびれはせぬ」

光秀は、信長にしたがって甲斐の武田攻めに参陣したが、いつも信長のそばにいたのでついぞ戦闘には参加しなかった。富士の山と爛漫《らんまん》の春を愛《め》でて帰ってきた。

そんな遠征にくらべれば、わが力で丹波を切り取ったここ数年の日々のほうが、よほど激烈であった。

——それにしても、信長……。

光秀は頭の芯《しん》がくらくらするほどの目眩《めまい》にとらわれた。

安土の天主を見上げると、なぜか剝《む》き出しになったあの男の心根に搦《から》め捕られ、縛りつけられるようで息苦しくなる。

「早く参りませんと、また御不興になられますぞ」

秀満が低声《こごえ》でささやいた。

「まこと、御屋形《おやかた》様の御勘気《ごかんき》は天下一でござるからな」

うなずいた利三に、光秀はまた首をふって見せた。

「なんの。御勘気をこうむるのは、愚かな者ばかりだ」

おれは信長の役に立っている、という自負が光秀にはある。

二

天主上一重《かみいちじゅう》の望楼まで、光秀は急な梯子《はしご》段を登って上がった。

四方の扉が開け放してある。

初夏の近江の湖と野が、はるかに霞《かす》んで見える。天空のさわやかな風が、望楼のうちを吹きすぎていく。

信長は、板の間に二枚だけ布《し》いた厚畳《あつだたみ》に大あぐらをかいてすわっていた。脇息《きょうそく》にもたれて肘《ひじ》をつき、腕にあごをのせて前を睨《にら》んでいる。

正面にすえてあるのは、切支丹《きりしたん》の宣教師がもってきた世界地図を、絵師が大きく描いて彩色した屏風《びょうぶ》である。日本があり、明国があり、天竺《てんじく》があり、さらにそのむこうには、ポルトガルやイスパニアなどの国々がある。

信長は春めいた山吹色《やまぶきいろ》の小袖《こそで》を着ている。

日焼けした顔が、引き締まっている。

すこしだけ伸ばしたあご鬚《ひげ》を撫《な》でながら、光秀には顔を向けず、目を細めた。

「遅い」

低いが、短く鋭い声だ。

「申しわけございません」

光秀が両手をついて辞儀をすると、頭の上に声が飛んできた。

「西国をどう攻めるか」

言われて光秀はほっとした。世界のことではなかった。信長ならば、いますぐ天竺に軍を進めよ、と命じかねない。

信長はいつも唐突に質問を投げつける。

意にかなう答えが返ってくればわずかにうなずく。さもなくば、眉《み》間《けん》に深い皺《しわ》を寄せて沈黙している。

それは、とりもなおさず、役に立たぬ者は去れ、ということだ。

山陽、山陰に蟠踞《ばんきよ》する毛利は、十一か国を領する大勢力である。

山陰からは、明智光秀が攻める。

山陽からは、羽柴秀吉が攻める。

その戦略で進めてきた。

光秀は七年かかって、ようやく丹波、丹後《たんご》を平定した。

一方の秀吉は、摂津《せっつ》から播磨《はりま》、備前《びぜん》に攻め入り、余勢をかって、但馬《たじま》、美作《みまさか》、因幡《いなば》、伯耆《ほうき》にまで攻め込んだ。各地で次々と城を落とし、勝利をおさめている。

この情勢を踏まえて、

――西国をどう攻めるか。

との問いだ。

光秀は詰まりかけた喉《のど》をむりに開いた。

「いささか難渋いたしておりますが、それがし、亀山《かめやま》（亀岡）の城に帰りましたら、つぎの策として、但馬を突き抜け、海路より、出雲《いずも》の鉄山、石見《いわみ》の銀山を攻め落としたく存じまする」

信長はなにも答えなかった。

山陰の因幡、伯耆は、すでに去年、秀吉が落とした。

そのつぎの段階となれば、出雲の鉄山と石見の銀山を攻撃するのがなにより優先すべき策である。

――もうよい。

信長の冷厳な声が、そうひびくのではないかと恐々としていた。

光秀はおのが武勇の乏しさを、嘆じないわけにはいかない。

――おれは、知恵の人間だ。

ひとり諸国を遍歴して、軍略を学んだ。

知識は身につけたが、いかんせん実践が乏しい。

しかし、その分、丹波の治世には力を入れた。領国経営のうまさ、あるいは軍師として戦略の立案、外交や調略の策なら、誰にも負けない。その点を、信長がどう評価してくれているか、つねにたいそう気にかけていた。

――秀吉の与力《よりき》につけ。

そう言われるのではないかと、甲斐に遠征している最中から怖れていた。

それは、とりもなおさず、山陰方面軍の司令官からはずされるということだ。

まことに秀吉の戦歴は赫奕《かくえき》としている。

あの男は、信長に似て、考えるより先に行動している。

つねにおのれを顧み、熟考のすえに行動に移る光秀とは対照的である。武功をたくさん挙げるのは、どうやらそういう種類の人間らしい。

信長が、光秀に顔を向けた。

この男の目は、いつも射竦《いすく》めるようで、視線を向けられるたびに光秀は背に脂汗がながれる。

「内裏《だいり》のことだ」

もうべつのことを考えている。

「はっ」

今朝早く、安土の城に、京から勅使の一行が到着したことは、小姓から報告を受けた。武田討伐大勝利の祝賀にやってきたのであろう。

「勅使でございますな」

先回りして、光秀が答えた。

勅使の行列は、山腹にある松井友閑《ゆうかん》の屋敷に入ったという。

松井は、尾張時代からの信長の側近である。堺《さかい》の代官をつとめるほか、武将としてより、外交や行政で力を発揮している。

やってきたのは、勧修寺晴豊、甘露寺経元、庭田重保、白川雅朝《まさとも》の四人。行列を見て、光秀の小姓はそこまで報《しら》せた。

たいていのことなら、勧修寺と甘露寺の二人ですませるところだが、副使をつけて四人もやってきたというなら、朝廷がこのたびの戦勝を大きく認めているということだ。

信長が、あごの鬚《ひげ》を撫でている。

「いかに遇する」

存念を述べよとのことであろう。

かねて信長は、神経質なほど朝廷との交渉に気を配っている。

その点で、光秀の目には、信長がとても不思議な男に見える。

瞬間的に決断してすぐさま行動に移ることの多い男だが、ひとつのことをひたすら考えつづけていることがある。

内裏についてである。

どういうわけか、内裏についてだけは、信長はいつも考えあぐねている。

周囲の者の意見など、めったに聞かない信長だが、内裏のことについては、側近たちの声を聞きたがる。それだけ、やっかいな相手として気にかけているのである。

できれば内裏など、すぐにも潰《つぶ》してしまいたい――。

それが、信長の本音だろうが、そうもいかない。

内裏には、この日本全土に、呪縛《じゆばく》をかけてしまうほどの力がある。

帝《みかど》が――、というだけで、畏《かしこ》まる大名がいくらでもいる。

実際のところ、長年つづいた石山本願寺との合戦を和議にもちこめたのは帝の仲介があったからだ。

利用すべき価値は、まだ大いにある。

ただし、信長は、はなから勅使に会うつもりがない。

勅使は帝じきじきの代理である。主がじきじきに応接し、上座に迎えて低頭するのが古来の礼法ではある。

信長は、それをしない――。

しかし、まったく無視するのではなく、絶妙な間合いをもって、勅使にいささか気持ちの負担をもたせて帰したい。

信長は、その間合いをはかっているのだ。

梯子段を登ってくる足音が聞こえた。

あらわれたのは、森乱丸である。

十八の乱丸は、見目《みめ》麗しく、小姓として信長の寵愛《ちようあい》を受けている。

このたびの武田攻めで、いちやく城持ちとなった。美濃に五万石の城を与えられたのである。

光秀に会釈した乱丸は、信長の前で両手をついて深々と頭を下げた。

「内裏からの祝賀の品は、懸香《かけこう》三十でございます」

懸香は、練った香を飾りのついた絹で包んだもので、部屋の壁などに吊《つる》しておく。よい香りがするし、邪気を払うともいわれている。

「伽羅《きゃら》か」

信長がたずねた。

伽羅は、はなはだしく高価な香木である。伽羅の練香《ねりこう》を包んだ懸香をもってきたのなら、帝は大いに信長を尊重し、畏怖《いふ》していることになる。

「いえ。白檀《びゃくだん》ばかりでございます」

信長は黙ってうなずいた。

白檀ならいささか安い。その代わり、四人も勅使を仕立てたのだ。

「内裏も、なかなか絶妙な瀬踏《せぶ》みをやりまする」

光秀がつぶやいた。

信長が立ち上がった。

開いた扉から外の廻縁《まわりえん》に出て、近江の平野と湖水を眺めている。

光秀は、すわったまま外に目をやった。

茫洋《ぼうよう》とひろがる初夏の野に、しきりと陽炎がゆれている。

しばらく風に吹かれてから、信長がこちらをふり返った。

「みやげをもたせよ。あの爺《じい》を、すこし困らせてやれ」

あの爺とは、当今正親町帝《とうぎんおおぎまちのみかど》のことだ。

「かしこまりました」

光秀は両手をついて、深々と頭を下げた。

じつは、甲斐遠征のときに、信長からいいつかったことがある。

「大坂のこと、内裏にいいふくめよ」

信長はこの夏のうちに、大坂に移って城を築くつもりである。そのように、遠征のときから公家衆《くげしゅう》の前で公言している。

広大な本願寺があった石山台地すべてを城とするというから、この安土の城が百ばかりも入る壮大な城だ。

そこに内裏をつくる——。この安土城の本丸に、清涼殿があるのと同じことだ。

信長は、正親町帝が大坂内裏に行幸《みゆき》するのを望んでいる。

むろん一筋縄ではいかない。

おいそれと帝は来るまい。

行幸するように下地をならせ、と光秀は命じられているのであった。

三

松井友閑の屋敷で饗応《きょうおう》を受けた四人の公家が、天主にやってくる、と乱丸が報せに来た。

信長は、さきほど馬で大手道を駆け下り、わずかの馬廻《うままわり》を連れただけで、そのまま湖畔の道を駆けていった。

どこまで駆けても、すべて信長の天地である。さぞや気持ちがよかろう。

光秀は、天主の下まで勅使一行を迎えに出た。

束帯姿の仰々しい一行が、本丸からつづく長い渡り廊下をやってきた。

さっきまで接待していた松井は来ていない。

こういうたらい回しも、冷遇をほのかに感じさせる手管《てくだ》である。

天主の前で、光秀は立ったまま頭を下げた。

本丸の座敷で対面すれば、正式な礼法を取らねばなるまいが、それは大層すぎる。あえて礼を取らずともすむこの場所を選んだのである。

「天主に登らせてもらえるとは、格別なご配慮。痛み入る」

勧修寺晴豊は、まだ四十にならぬほどの若さだろう。のっぺりした公家顔に白粉《おしろい》を塗って、卑屈なほどの笑顔を見せているが、そのじつ、まるで気を許していない。

それくらいのことは目の光を見ていればわかる。

「御天主からの眺望は、なにさま天下一でござる。存分にお楽しみくだされ」

光秀は、先に立って四人を案内した。

天主のなかには、信長の住まいがあるが、そこを通らず望楼に上がれるようになっている。

ほろ酔い気味の公家たちは、わざとらしくにぎやかに騒ぎ立てながら、急な梯子《はしご》段を登った。たっぷりと布をつかった束帯を着ているので、一段一段、登るのがやっかいだ。小姓が何人かついて下襲《したがさね》の裾《きょ》を持って助けてやった。

上一重まで登ると、さきほどと同じように、天空の風が吹き抜けていた。

近江の空は、どこまでも青い。

「これは、あたい千金におじゃるな」

望楼の廻縁には出ず、金塗りの柱に手をかけたまま勧修寺晴豊がつぶやいた。高いところが怖いらしい。

ほかの甘露寺、庭田、白川の三人も同様で、転落を怖れているのか、縁に出ようとはしなかった。

「あちらが比叡でござる。京の都はあのむこう」

光秀は、比良《ひら》や瀬田《せた》など四方の眺めをひとくさり説明した。

公家たちは大いにうなずき、眺望の良さを称賛した。

「茶をしたくさせております。ご一服召されませ」

光秀がいざなって、四人をすわらせた。信長の御座の厚畳にはすわらせず、粗末な円座が出してある。

同朋衆《どうぼうしゅう》が、菓子と台にのせた天目茶碗《てんもくぢゃわん》を運んできた。

四人の公家が菓子をつまみ、茶を飲んだ。

「いや、まさに天上界の甘露」

勧修寺晴豊が、大きなため息をついた。

まんざら世辞でもなさそうだ。

「まことまこと。げに須弥山《しゅみせん》の頂《いただき》で茶を喫しておるような」

一同が賛嘆しているのは、ほかでもない、信長の力である。これだけの城郭と天主をつくる男だ。朝廷としても、ないがしろにはできまい。

「それにつけても素晴らしく高い御天主でおじゃるな。立っていると腰がふるえるようじゃ。こうしてすわっていても尻《しり》がくすぐったい」

甘露寺経元がつぶやいた。

「山の上にそびえておりますゆえ、地上からは、五十丈（約一五〇メートル）ばかりもありましょう」

光秀がおしえると、四人が深々とうなずいた。

「それゆえに、人が米粒より小さく見えたか」

「まこと。これほどに壮麗な城は、天竺にもおじゃるまい」

眺望や天主の話が一段落したところで、光秀は居ずまいをあらためた。

「このたびは、甲斐討伐のお祝いの儀、わざわざ勅使殿に御下向たまわりまして、まことにもって恐悦至極に存じまする」

「なんの。これからの世の泰平を思えば、織田殿に、なおいっそう励んでもらわねばならぬ。内裏への崇敬篤《あつ》い織田殿であればこそ、帝におかれましても御機嫌斜めならず、すぐに寿《ことほ》ぎに参れとの仰せでおじゃった」

光秀は深くうなずいた。

「されば、われらが御屋形様には、内裏に返礼したき進物がございます」

「戦勝の祝賀でおじゃる。返礼など無用のこと」

勧修寺晴豊が、顔の前で手をふった。

「御屋形様が、ぜひにとのことでござれば」

光秀が手を打ち鳴らすと、小姓が三方《さんぼう》を捧《ささ》げてあらわれた。

しずしずと晴豊の前に置いた。

のっているのは奉書紙の包みであった。

なんの表書きもない。

「お開けくださいませ」

光秀にいわれて、晴豊が手を伸ばして包みを開いた。

なかに折りたたんだ紙が入っている。それを見た晴豊の目が大きく開いた。

「…………」

なんと言ってよいのか、分からぬらしい。

横から甘露寺経元がのぞき込んだ。やはり大きな目を剝いている。

二人とも微醺《びくん》がすっかり醒《さ》めた顔だ。

「これは、いかような謎かけでおじゃるか」

晴豊がこちらに向けた紙は白紙である。なにも書いてない。

「なんの謎でもござらぬ。甲斐討伐をみごと果たした織田家のこと、内裏ではいかにお考えか、その存念をお書きいただきたいとの、御屋形様の仰せにござる」

その策は、光秀が考えた。

朝廷をほどほどに困らせるなら、これくらいがよい。

「いかに……、とは官位のことでおじゃるか」

光秀はじっと晴豊を見すえた。

甲斐の陣の酒宴の席で、信長が公家たちに向かって大坂築城のこと、またそこに内裏をつくることを話した。

信長はさすがに朝廷に対する策を心得ている。この連中には正面切って申し立てないのがよい。表立って反対されると、ことが進めにくい。真綿で首をしめるように進めるのがよい。

「さて、官位のこともあり、官位のほかのこともあり……」

言葉を切って、光秀は二人の公家を見すえた。二人は不安らしくおどおどしている。

「官位のことなら、朝廷はいかにお考えでございましょうか」

「それは帝におたずねせねばならんけれど、太政大臣か関白か、はたまた征夷《せいい》大将軍か……」

晴豊が経元と顔を見合わせて、うなずき合った。

「いずれなりとも、御屋形様の望みしだいということでござるか」

「そういうことに、なり申そう」

「大いにけっこうでござる」

光秀がうなずいたので、晴豊と経元が安堵《あんど》の顔を見せた。

それくらいのことですむなら、ありがたいと思っているらしい。

「しばらくは、安土にて戦勝祝賀の儀がつづきまする。それが一段落したら、御屋形様は京に上られます。そのときには万端のご準備、つつがなくなしおかれますように」

光秀が頭を下げると、四人の公卿《くぎょう》も頭を下げた。

——軽い勅使だ。

内心、光秀は苦笑したが顔には出さなかった。

「ときに、御一同は、大坂に下られたことがおありですかな」

光秀がたずねた。

晴豊が首をふった。

「いや、まだおじゃらぬが」

「それは惜しいこと。大坂はよい土地でござる。京は冬が寒くていかんが、大坂は暖かい。海がちかいので魚もうまい。かつては難波《なにわ》の宮があったところ。仁徳帝《にんとくのみかど》の大きな御陵《ごりよう》にも、いつでも参れますぞ」

光秀は、いかにも誇らしげに、大坂のすばらしさを語った。

神への階梯《かいてい》

織田信長

天正十年四月二十五日
近江　安土

一

安土城天主上一重《かみいちじゅう》の座敷に、織田信長は静かにすわっている。
四方にひらいた狭間戸《さまど》から、初夏の艶《つや》めいた夜気が薫っている。
すでに真夜中の丑三《うしみつ》をまわったころだ。天下は寝静まっている。
闇空にまたたく星が、手づかみできそうなほどに近い。
湖国をはるかに見下ろす山頂に、天主を築かせた。ここにいれば、天界の中心にすわって宇宙のすべてを見わたしているがごとき心もちになる。

ただ一人、厚畳《あつだたみ》にあぐらをかいて瞑想《めいそう》していると、おのれの腹の底からふつふつと熱い情念が滾《たぎ》ってくる。

天下を動かしているのは、つまるところ人の志であろう。

なにごとかをなし遂げようとする強烈な心があれば、天下はいかようにも動かせる――。

そんな思いが腹の底に沸騰《ふっとう》している。

――天下をいかに導くか。

そのことを、しきりと考えている。

世には、愚物が多い。数か国におよぶ所領をもつ大名たちでさえ、天下を経綸《けいりん》する道をはっきりと勘考している者はいない。みな、わが領地を守り、隣国を侵すことは考えても、大和六十六州をどのように治め、民を導くのかについて考えていない。

――わしが導く。

できるのは自分しかいない、との自負が強くある。この日《ひ》の本《もと》に人は多いが、まこと、おのが頭で新しい天下のありようを考えているのはただこの信長一人だと確信している。

この安土山に城を築いたのは、そもそも天下のへそを握るためであった。

ここにいれば、東国、北陸、伊勢、畿内《きない》、中国に睨《にら》みがきかせられる。各地に派遣した織田の軍団になにかことが起これば、すぐに信長自身が出馬できる。どんな危機にも柔軟に対応できる。

天下のうち、畿内と周辺部の平定はおおかた仕上がった。

甲斐、信濃の遠征を終え、東はひとまず安泰である。関東は滝川一《かず》益《ます》、北陸は柴田勝家《かついえ》、伊勢は次男の信雄《のぶかつ》、中国は羽柴秀吉がそれぞれに奮闘している。

これから、信長は西に向かうつもりである。

――大坂。

胸中にあるのは、海を望むあの土地だ。

石山本願寺があったあの台地は、広大で大きな城を築くのにふさわしい。

ヨウロッパには、街の周囲をすべて城壁で囲んだ城があると聞いた。

それは、さぞや堂々たる大城塞《だいじょうさい》であろう。そんな城をつくりたい。

——大坂ならば、それができる。

それがために執拗《しつよう》に攻め続け、ようやく掌中におさめたのだ。

惜しいことに、本願寺のすべての伽藍《がらん》と町が焼けてしまった。古材がつかえず、材木の調達に時間がかかってしまうのはいたしかたない。

それでも、築城に着手できる。

まずは中央のひときわ高い台地に、わが屋敷を築く。

どのみち、築城には数年かかる。ひとまず仮屋敷を建て、それから本格的に縄張りすればよい。

いずれ石垣を高く積み、ここよりもさらに大きく壮麗な天主を築く。

赤瓦《あかがわら》をもっと鮮やかに焼かせ、金をふんだんに使わせる。

本丸、二の丸、三の丸……、いずれも贅《ぜい》を尽くした御殿にしよう。周囲には、重鎮どもや馬廻衆《うままわりしゅう》の屋敷を配置する。土地はたっぷりある。馬揃えのための馬場もできる。

そのまわりに匠《たくみ》たちの町をつくる。鉄炮鍛冶《てっぽうかじ》、刀鍛冶はもとより、鋳物、金工、織物、皮革、漆《うるし》、蒔絵《まきえ》など、さまざまな職人を集めて、よい品をたくさんつくらせる。

城の西の木津川河口には、大きな船の入る湊《みなと》をつくる。そこからなら、すぐ海に出られる。海は、南蛮にも、明や朝鮮にも通じている。

そばに商人《あきうど》たちの町をつくる。

産物を船に積み、交易をさせる。天竺《てんじく》まで行って売らせ、むこうの荷を仕入れてこさせる。むろん、最優先なのは信長の荷である。代官を乗り込ませ、大いに売り買いさせる。

さすれば国が富み、商人から民草《たみくさ》にいたるまで、暮らしが豊かになる。

これからは、国の経綸をなにより考えねばならない。大名同士で奪い合い、争っていても、富の総量が増えるわけではない。

財物《ざいもつ》がなにによって生まれるのか、気づいている大名は天下にまるでおらぬ。

人の欲しがる物をつくり、欲しがる人間のいるところまで運んで売る。それが利を生む仕組みである。

明や朝鮮、あるいは、ポルトガル人を相手に交易をすれば、どれほどの財貨が得られるか。どれほど日の本が潤い、豊かになるか。それを知らずして国の命脈は保てない。

遠国との交易には、武による守りが欠かせない。武の力がなければ、安心して船は出帆させられない。陸路の荷駄隊《にだ》も通わせられない。

ならば、まずは、やはり、天下の津々浦々にまであまねく武を布《し》くべきである。

そのためには、さらに大きな軍団がいる。

いまの動員兵力が、ざっと十万としても、その何倍かの人数を麾下《きか》に擁する必要がある。

――わしでなければ、できることではない。

そう思えば、いやがうえにもふつふつと血が滾り、情念が渦巻く。

いま、ここにこうしている自分こそが、天下の中心である。

自分を中心にして、富貴の渦を巻き起こす。

――豊かになりたい者は、わしに従え。

そう雄叫《おたけ》びを発したい。

人を動かすのは、なによりもまず欲である。志でさえ、富貴への欲に簡単に左右される。

欲は、渦を巻く。

立ちはだかる者をも、竜巻のごとき渦に巻き込む。

従えばよし。従わなければ、討伐する。

――必ずうまくいく。

ただし、戦略も戦術も、万端入念におこなわなければならない。あくまでも細心にすべてを遂行すべきである。

そのために、しばしばこの望楼で瞑想している。冷静沈着に天下を睨み、つぎに打つ手をじっと考える。

すべて金箔《きんぱく》におおわれた三間四方の座敷の壁には、唐《から》の伝説の皇帝や賢者たちの絵が描いてある。

絵師狩野永徳《かのうえいとく》が、一門を率いて城内すべての絵を描いたが、なかでも、この望楼の絵は出来がひときわすばらしい。

太い百目蠟燭《ひゃくめろうそく》が四本、壁の金をぬらりと光らせている。

じっとすわっていると、太古の聖賢たちが語りかけてくる。

画面のなかには、静かな風が吹いているようで、峨々《がが》たる岩山や竹林、松を背景に、皇帝や賢者たちが裾《すそ》の長い衣をゆるりとなびかせている。足もとの笹の葉がゆれている。

なかには、人ではない奇妙なすがたの者もいる。

からだに蛇のうろこがついているのは、伏羲《ふっき》という伝説の帝王である。人首蛇身ながら、八卦《はっけ》をあみだし、料理と嫁取りを民に教えた。

石にすわって草を口にくわえているのは、神農《しんのう》という帝王で、人間の体をしているが、牛に似た頭がついている。あらゆる草を舐《な》めて医薬をつくり、民に農耕を教えた。

松の陰にすわった黄帝《こうてい》は、まだしも人であるが、化け物めいた乱暴な神を倒して天下を統一した。黄帝は、尺と枡《ます》と秤《はかり》の単位を決め、衣服や貨幣の制度をつくった。聡明《そうめい》な王であったにちがいない。

右の壁には、孔子と十人の弟子たちがいる。知恵にあふれた者たちが、世の治め方を語り合っている。

左には、戦乱をさけて山にのがれた四人の隠士たちがたたずんでいる。いずれも白髪で、眉《まゆ》も鬚《ひげ》も白い。悠々自適。池畔《ちはん》の四阿《あずまや》で囲碁を打ち、あるいは、千丈の滝が落ちるのをながめ、生きてあることを無心に楽しんでいる風情である。

階下の八角の間は、柱を朱塗りにした華やかな座敷だが、やはり壁を金にして、釈迦《しやか》の説法図を描かせた。釈迦を尻《しり》に敷いていれば、気宇はさらに壮大になる。

一晩、沈思黙考して、帝王と賢者たちの声に耳を澄ました。

——天下のすべてをわが手につかむには、なにが肝要か。

知りたいのは、その一点であった。

じっと、虚心坦懐《きょしんたんかい》にすわっていた。

四壁を囲んだ聖賢たちは、口々になにかささやいている。いかに精神を集中して耳をかたむけても、百家争鳴、まとまった声として聞こえない。凡愚な者たちが、ざわめいているのと異なるところがなかった。

いらだって立ち上がり、廻縁《まわりえん》に出た。

東の空がすこし白んでいる。間もなく夜明けだ。

黄色く澄み切った東雲《しののめ》の天を仰ぐと、明けの明星がひときわ大きく明るく輝いて、目に飛び込んできた。

刹那《せつな》、天からの啓示を受けた。信長の全身に、ぞくぞくするほどの衝撃がはしった。知りたかった答えが、はっきりと見つかった。

――わが身こそ、神である。

いままで気づかなかったことのほうが、愚かに思えた。

天下を睥睨《へいげい》して、動かしているのは、ほかの誰でもない。この自分なのだ。

ならば、この身こそ神である。

そう確信すれば、清新な夜明けの空気が、なおいっそう清々《すがすが》しかった。

二

天主下二重目《しもにじゅうめ》に、みごとな枝ぶりの梅を描いた座敷がある。信長のふだんの居間だが、そこの書院に、盆山《ぼんさん》が飾ってあった。

盆山は、文字通り、平たい盆に石を置き、山水の風景に見立てた飾り物である。

信長の持っていた盆山は、白砂と苔《こけ》の上に、いささか丸みをおびた黒くどっしりした石がそびえている。

山というより、強固な意志のごとき岩塊だが、見ていると、深山幽《しんざんゆう》谷《こく》の趣がある。威風堂々と地上から天界に突き抜けているようにも見えるし、宇宙星辰《せいしん》の神秘を繊細に語っているようでもある。

その盆山の場所を移動するよう、信長は小姓の森乱丸に命じた。

「摠見寺《そうけんじ》にはこべ」

大工の岡部又右衛門《またえもん》を呼びつけ、摠見寺本堂須弥壇《しゅみだん》のいちばんよい場所に、すぐさま仏龕《ぶつがん》をつくれと命じた。そこにあった仏像は壇から降ろされ、盆山に付き従うように周囲に並べ替えられた。

そもそもが、信長自身を顕彰するために、安土城内に建立した摠見寺であった。城下の者に参詣《さんけい》を許しているが、安置したのがありきたりの仏像なので、いまひとつ、しっくり来ていなかった。

盆山を祀《まつ》ることで、この寺を建てた意義がひときわ鮮明になる。

すぐにできあがった仏龕は、欅《けやき》の堂々たるつくりであった。そのなかにおごそかに納まった盆山を見て、信長は満足した。

本堂の縁側に腰をおろした。暖かい陽射しのなか、右手に三重の塔がそびえている。その前の急な階段をくだると仁王門がある。

そこから登ってくる参詣人《さんけいにん》に、この寺の由緒を正しく理解させるべきであった。

「右筆《ゆうひつ》を呼べ」

小走りにやってきた右筆に向かって、信長は甲高い声で口述をはじめた。

「はるか遠方より遥拝《ようはい》したるのみにて喜悦と満足の得られるこの安土の城の内に、当摠見寺を建立したるは、天下の主《あるじ》織田信長なり。当寺を崇敬し、礼拝したる者は、つぎの功徳を受くるべし」

筆を走らせる右筆に、信長はさらにつづけた。

「一つ。富者にして当寺を礼拝したる者は、いよいよその富を増すべし。貧しき者、身分低き者、賤《いや》しき者が礼拝したれば、富裕の身となるべし。子のなき者は、ただちに子宝を得るべし。八十歳まで長寿にめぐまれ、病は平癒し、願い望みはことごとく成就し、一生の平安と弥栄《いやさか》を得るべし」

そこまで一気に口にすると、盆山をふり返って眺めた。なによりも信長自身が神となるための寺である。そのことをいっそう明らかにしておくべきだ。

「さればこそ……」

よい考えが浮かんだ。

「一つ。余が誕生したる日を聖日とし、老若男女、貧富をとわず当寺に参詣すべし」

切支丹《きりしたん》たちは、神とあがめる耶蘇《やそ》の誕生日を聖なる日としている。坊主たちは、釈迦が生まれた四月八日を花祭りとして祝う。じつにくだらない。

——どちらも、ただの男だ。

耶蘇などは、けしからぬ教えを広めた咎《とが》で磔《はりつけ》になったというではないか。釈迦は悟りを開いたというが、王子のくせに国を捨てて顧みなかった。礼拝すべき価値などない男たちだ。

それよりも、ここにもっと意義のあることをなし遂げつつある男がいる。

大和六十六州に武を布き、民草に安寧をもたらす男だ。麻のごとく乱れた世を治め、万民に富貴をもたらす男だ。

——このわしを拝むがよい。

それこそが、なによりも平安と弥栄への近道である。

——耶蘇や釈迦を祀るより、この信長が誕生した日を聖なる日として祝ったほうが、よほど現世に功徳がある。

信長は、五月十二日の生まれだと父の信秀《のぶひで》に聞かされた憶えがある。おりよく来月が五月だ。その日の前後に人を集め、祝祭をとりおこなうのがよい。

ちょうどそのころ、徳川家康《いえやす》と穴山梅雪《あなやまばいせつ》をこの城に招くつもりだ。戦勝の祝賀とあわせてめでたさもひとしおとなる。

そう話すと、乱丸が大きくうなずいた。

「それは、すばらしいお考えにございます」

偉丈夫《いじょうふ》ながらも、美しい顔だちの乱丸は、万事によく気配りが届く。

武田討伐のあと、美濃に五万石の城をもたせてやった。小姓の身ながら、城持ちである。

「祭りの差配は……」

信長は、いま安土にいる家臣たちの顔ぶれを思い浮かべた。

「明智がよい。できるだけ賑《にぎ》やかに徳川らを接待するように命じよ」

乱丸に言いつけた。

「かしこまって候」

一礼した乱丸がただちに走り去った。

光秀ならば有職故実《ゆうそくこじつ》に通じている。集まった者たちを驚愕《きょうがく》させるほど華やいだ祭りにさせよう――。

信長は、右筆に向きなおると、さらに口述をつづけた。

「一つ。当寺の功徳を信じる者は、すべての願い叶《かな》うべし。信ぜざる邪悪の者は、現世にても来世にても、永劫《えいごう》に救われず、地獄の業に苦しむべし。万人、大いなる崇敬の念をもって当寺に参詣すべし」
すべてを書きとめた右筆が、すこし文言を手直しして読み上げた。
信長は、それでよいとうなずいた。
「高札《こうさつ》にして、本堂の前に立てよ」
さらには、近江の郷村と、畿内一円の者たちにも知らしめるように命じた。
ひと仕事終えて大いに満足した信長は、摠見寺から湖水をながめた。
春の陽射しが、水面《みなも》にきらめいてまぶしい。
——さて……。
まだ、気がかりがあった。
いかに信長が神になろうとも、薄笑いしてながめている連中が京にいる。

あの連中をなんとかせねばならない。

三

信長は、摠見寺から城内の本丸に移った。

天主のすぐ下にある本丸には、京の内裏《だいり》にある清涼殿と同じ間取りの御殿を建てた。

檜皮葺《ひわだぶ》きの屋根は、傾斜が独特のゆるやかさをもっていて悠然としている。

そのすぐ横に積み上げた高石垣の上に聳《そび》える巨大な天主の奇抜さとは、対照的である。

天主は、清涼殿を圧してのしかかるように建っている。それは、信長のこころの風景そのままのかたちであった。

正面の白州《しらす》には、御所にならって呉竹《くれたけ》と河竹《かわたけ》を植えさせたが、土が合わないのか、葉には生気がない。

階《きざはし》を登って殿舎のうちに立った。

ほとんどつかったことのない御殿だが、掃除はゆきとどいている。小姓たちが毎朝、磨き上げるので、床には埃《ほこり》ひとつ落ちていない。

つややかな拭板《ぬぐいいた》敷きの広間の真ん中に、二枚の厚畳が敷いてある。

ここに、正親町帝《おおぎまちのみかど》を行幸《みゆき》させるつもりであった。

なんどか招請《しょうせい》したが、結局、来なかった。

――かまわぬ。

そんなことは、もう、どうでもよい。

どのみちこの城は、もはや信長の根城《ねじろ》としての役目を終えつつある。

つぎの拠点は、大坂だ。

大坂城の本丸に内裏をつくる。

そここそが、これから日の本の政《まつりごと》の中心になる。

正親町帝は、すでに六十のなかばを過ぎた高齢である。もはや、行幸を求めるつもりはない。まもなく、自然にくたばるだろう。

正親町帝の譲位は十年ほど前に打診したことがあった。

そのとき、正親町帝は、譲位して上皇になることを受け入れた。

いまとは、まるで情勢がちがっていた。

信長が、足利義昭を放逐《ほうちく》して間もないころであった。信長は、実質的に武家の棟梁《とうりょう》となり、朝廷を守《も》り立てる態度をことさら分かりやすく見せた。

だからこそ、正親町帝は譲位する気になったのだろう。むしろ、譲位して誠仁《さねひと》親王を即位させることが、朝廷を守り立てる道であると悦《よろこ》んでいる旨の宸筆《しんぴつ》が届いた。

結局、その時点では譲位させなかった。

信長にとって重要なのは、帝《みかど》と朝廷が意のままに動くかどうか、という一点である。

――わが意に従うならよし。

譲位を悦ぶとの宸筆があるのだから、ことは成ったも同じであった。

実際に譲位させるとなれば、御所の整備もやらねばならず、装束を新調したり、なにやらかにやら、莫大《ばくだい》な金がかかる。

そんなことに無駄な金をつかうぐらいならば、一挺《ちょう》でもたくさんの鉄炮をそろえたほうがよい。あのころは、伊勢の長島一向一揆《いっこういっき》の討伐にいそがしく、朝廷のことは後回しにしたのである。

ところが、さきごろ、あらためて譲位を打診すると、正親町帝は、断りを入れてきた。

——あの爺《じい》め。

信長は臍《ほぞ》を噬《か》んだが、高をくくって好手を遅らせた自分が悪い。

あれこれ思いをめぐらせていると、朝廷については腹の立つことがたくさんある。

信長は、広間の隅にある石灰壇《いしばいのだん》の奥に立った。

内裏の清涼殿では、同じ位置にある石灰壇から、毎日、斎戒沐浴《さいかいもくよく》した帝が、伊勢神宮を遥拝《ようはい》していると聞いている。まったく意味のないくだらない習慣を、よくぞ何百年も飽きずに続けてきたものだと感心する。

——ならば、神官にもどしてやろうか。

もとはといえば、帝は神主の親玉ではないのか。どのみち、政をしているわけではない。官位を与えるだけが、いまの朝廷の職務である。

そんな朝廷など、なくてもかまわない。

いや、しかし、それをありがたがる輩《やから》もいる——。

そんなことを考えていると、人の気配があった。

乱丸と明智光秀が連だってやってきた。

春めいた若草色の小袖《こそで》を着た光秀が、信長の前で平伏した。この男は、存外、洒落者《しゃれもの》なところがある。

「五月中旬の饗宴《きょうえん》のこと、意を尽くして取り組ませていただきます る。ご生誕の日を祝祭となさるとは、またとない……」

信長は、手をふって、光秀の話をやめさせた。

「帝のことだ」

「はっ……」

光秀が首をかしげている。

「癪《しゃく》にさわってならぬ」

「はっ。そのことでございますれば、一昨日、勅使たちに、白紙の書状をもたせて帰しました。御屋形《おやかた》様を太政大臣か関白か、あるいは征《せい》夷《い》大将軍か、なにに推任するのか、返答によっては……」

「くだらぬ」

信長は、舌を打ち鳴らした。

「申しわけございませぬ」

光秀が頭を下げた。非難されたと思ったらしい。

信長は、いまいちど腹中の忿怒《ふんぬ》を吐き出した。

「まったく、くだらぬ」

ことばにしてみると、さらに腹立たしさが増した。

「申しわけございません」

いっそう深々と、光秀が低頭した。

信長は、光秀にかまわずにつづけた。

「朝廷など、いらぬ」

そもそも、あんなくだらない連中はいなくても、なにも困らない。

「…………」

「わしが帝になるか……」

ふと、思いついた。それも悪くない。

――いや、待て。

それでは、自分も愚劣な連中と同列にならぶことになる。帝より上に立たねば意味がない。

「上皇になれるか……」

「上皇でございますか」

「そうだ」

帝の上に立つなら上皇だ。上皇になれば、院として帝を思いのままに動かせる。

「正式には退位した帝が上皇でございますが、誠仁親王を猶子《ゆうし》になさいますれば……」

信長はうなずいた。

——なるほど、そんな手があるか。

誠仁親王を猶子として縁組みすれば、信長が父となる。

「猶子といたしましたのち、即位の儀をとりおこないますれば、かたちとしては御屋形様が上皇になられましても、大きな無理はなかろうかと存じます」

子が天皇になれば、父である信長は上皇ということか。

「ふん」
信長は鼻を鳴らした。それでは、さして面白みがない。
――もっと妙手はないか。
大股《おおまた》で床を鳴らして歩くと、信長は縁側に出た。
母屋のうちは、暗く冷えていたが、外は明るい光があふれている。
太陽がそろそろ中天にかかろうとしている。
真昼の太陽はぎらぎらと白く輝いている。
天にかがやき、天下を睥睨《へいげい》する者。それは、誰か――。
「皇帝……などは、どうだ」
思いついたまま口にしてみた。
今日の夜明けに東雲《しののめ》の光を見て、啓示を受けた。

――わが身こそ、神である。
神である身が、なぜ朝廷ごときを相手に汲々《きゅうきゅう》とせねばならないのか。
「皇帝……。あたらしく帝位をおつくりになるのでございますか」
後ろについてきた光秀の声だ。
朝廷の枠組みのうちにいるならば、上皇が最高位であろう。
ならば、いまの朝廷とは、べつの枠組みをつくればよいではないか。
――わが身は、神である。
いまいちど、信長は今朝の啓示をかみしめた。
ここちよい痺《しび》れが、全身をくすぐった。
このわが身は、古代の唐の皇帝たちより、はるかに聡明にして、果敢な男だ。

一声かければ、十万の軍勢が動かせる男である。

これまでに何万の人間の命を奪ったことか。命を自在に握る者こそ、神である。

それだけの男ならば、あたらしく、べつの王朝をつくってもかまわない。なにひとつ悪い理由はなかろう。

白く輝く太陽を見ながら、そう考えた。

「……それは、不敬ではございますまいか」

背中から低声《こごえ》のつぶやきが聞こえた。乱丸ではない。こんども光秀の声だ。

「なんと申した」

「はっ」

ふり返って睨《にら》みつけると、光秀が恐懼《きょうく》して顔を引きつらせた。この男は頭の鉢《はち》が大きく、いかにも知恵者の風をしている。それを鼻にかけているのが、ときにむしょうに腹立たしくなる。

「なんと申したか、いまいちど言うてみよ」

「申しわけありません」

「謝れとは言うておらぬ。なんと言うたのだ。それをたずねておる」

おだやかな声で訊《き》いた。神なれば変幻自在。おのが忿怒に流されることはない。いかようにも、振る舞える。

縁側に這《は》いつくばった光秀が、肩をふるわせている。怯《おび》えているらしい。

「不敬……と申しました」

「ふむ。不敬、な」

しゃがんだ信長は、光秀の肩に手をかけ、さらにやさしい声を出した。

「そのほう、ちくとは、有職《ゆうそく》に詳しいな」

「いえ、さほどではありません」

「よい。たずねる」

「はっ」

「不敬とは、どういう意味か」

「…………」

「答えよ」

「畏《おそ》れ多くも帝と朝廷に対し奉り、敬意をはらわぬことでございまする」

額を床にすりつけ、声をふるわせながら、光秀がつぶやいた。

「ならば、いまひとつたずねる」

「はっ」

「このわしが、なぜ帝と朝廷ごときを、畏れ多いと敬わねばならぬのか」

光秀が、喉《のど》を詰まらせた。

困惑とないまぜになった侮蔑《ぶべつ》がかすかに読みとれた。この男はなまじ有識故実を学び、歌の道に親しんだりしたせいで帝を敬っている。朝廷をやんごとなくありがたいものだと盲信している。

「なぜだッ」

立ち上がって、声を張り上げた。

「申しわけございません」

光秀が、体をこわばらせて後ずさろうとした。

「たわけめッ」

拳骨《げんこつ》で光秀の頭を思い切り殴りつけた。

「ご無体な」

頭を押さえた光秀が、後ずさった。

「無体だとッ」

言いぐさに腹が立った。血が熱く沸きたった。

神なる身が、なぜ家臣ごときに、意見されねばならないのか。

怒りが煮えくり返り、光秀を蹴《け》りつけた。

腹を押さえて転がっているさまが、わざとらしく同情を請うているようで腹立たしく、さらに激しく蹴りつけた。

呻《うめ》いて転がる光秀の目に恨みがましさのにじんでいるのが許せず、信長はいつまでも執拗に蹴り続けた。

板挟み

近衛前久

天正十年四月二十八日
京　二条　近衛屋敷

一

近衛前久《このえさきひさ》は、ちかごろ胃の腑《ふ》が重い。

腹が突っ張って食欲がなく、ときどき刺すように痛む。酸っぱいものがこみ上げてきて、口のなかが不快になる。

医者の半井驢庵《なからいろあん》を呼ぶと、なにを食べたか、便通はどうか、と訊《き》かれたあと、褥《しとね》に横になるようにいわれた。腹のあちこちを触ったり押したりして、うなずいている。

「腹の張り方がひととおりではございません。食中《しょくあた》りでないとすれば、なにかご心痛でもおありでしょうか」

たずねられて、前久は鼻を鳴らした。

「ふむ。心痛か……」

「こころに思い煩うことが重なりますと、胃の腑が疲れ、腫《は》れることがございます」

たしかに、こころに大きく思い煩うことがある。

悩みの種はたった一つだが、この身が引き裂かれそうなほどつらい。

ここ数日、昼も夜も、煩悶《はんもん》している。夜は満足に眠れず、昼はじっとすわっていても落ち着かない。目を閉じていてさえ、瞼《まぶた》の裏がいらだたしく痙攣《けいれん》する。

すべては、正親町帝《おおぎまちのみかど》から託された節刀《せっとう》のせいである。

けっこうでございます、とつぶやいて驢庵が頭を下げた。前久が立ち上がると、ひかえていた女房が襯衣《したぎ》を直し、直垂《ひたたれ》を着付けた。

「お薬は、しいぎゃく散《さん》がよろしゅうございましょう」

言われて、心の臓が凍りついた。突然、全身の肉がこわばった。

――弑逆《しいぎゃく》とは……。

主君殺しの大罪のことではないか。

いったい、誰が誰を殺すのか――。

信長が正親町帝を殺害するならば、たしかに弑《しい》することになる。

帝《みかど》が信長を粛清するならば、弑するのではなく、罪ある者を断罪し、誅《ちゅう》することになる。

弑逆散とは、まさか、弑するための毒薬があるのか――。

「……さような薬があるのか」

前久は、驢庵を見すえてたずねた。

正親町帝に重用された父驢庵のあとをついだ息子も、やはり驢庵を名乗り、立派な医者になった。

「はい……」

驢庵が、いぶかしげな顔で見返した。

「薬だ。しいぎゃくさん、と申したな」

「四逆散《しぎゃくさん》、四つの逆の薬でございます。柴胡《さいこ》、芍薬《しゃくやく》など四種の薬草を混ぜて処方いたします。腹の張りには、これがなによりと存じます」

聞き違いであった。毒薬ではなかった。

「さようか」

前久の全身から力が抜けた。落ち着いて考えてみれば、弑逆散などという薬があるはずがない。

いや、そんな毒薬があれば――。前久の想念が、あらぬほうに動いた。

――いま、弑するとすれば……。

首を大きく振った。そんなことができるはずもない。

「四逆散でよろしゅうございましょうか」

おずおずと目を泳がせながら、驢庵がたずねた。前久のようすがよほど尋常でなかったのかもしれない。

「ああ、それを処方してくれ」

「かしこまりました」

ていねいに頭を下げて驢庵がさがった。

舌をひとつ打ち鳴らすと、前久は、縁側に円座を敷かせて腰をおろした。胃は重くとも、朝の風はここちよい。

夏のはじめのことで、庭の前栽《せんざい》では、薄緑の若葉が茂っている。舎人《とねり》たちが手入れしているが、芽吹きの猛々《たけだけ》しさばかりは、いかんともしがたい。傍若無人な若葉の芽吹きのせいで、広くもない二条屋敷の庭が、さらに狭く感じられる。

——人の世も、同じか。

誰かの命が猛々しく芽吹けば、他人にとっては迷惑だ。

狭い秋津島《あきつしま》六十六州である。そこで何人もの男たちが天下を狙って犇《ひし》めいていれば、互いに目障りになってくる。誰かに消えてほしくもなる――。

近衛家の本邸は、上京《かみぎょう》の真ん中、上立売《かみだちうり》の広大な一画を占めている。庭に大きくみごとなしだれ桜がある。かつて泰平の世の春には、花見の宴がしばしばひらかれた。桜の御所と呼ばれるほどの絢爛《けんらん》さであった。

近衛前久は、ちかごろその屋敷にはいない。

信長からもらった下京のこの屋敷にいる。

六年前、信長は、京での宿舎とするために、二条家の屋敷を譲り受けて、城郭風に改築した。

信長は、なんどか泊まっただけで、その屋敷を誠仁《さねひと》親王に献上した。いま、そこに誠仁親王が住まい、高齢の父正親町帝に代わって政務を執っている。正親町帝のいる上御所《かみのごしょ》に対して、下御所《しものごしょ》と呼ばれている。その隣の屋敷を、前久はもらったのである。

十年前、信長は、二条烏丸《からすま》の北に、二重の堀をめぐらせ、三重の天主をそなえた城郭を建てたが、この城は、義昭を放逐《ほうちく》するとき、上京のすべての町家や寺院とともに焼いてしまった。焼け残った建物は解体され、安土の城を建てるときに運び去られた。

いま、京の市中でもっとも防御力の高い城館といえば、二条の下御所である。

市中のことゆえ幅は狭いながらも、堀がめぐらせてある。縁側にすわっていると、下御所の大きな屋根が見える。いかめしい物見櫓《ものみやぐら》には、鉄炮《てつぽう》や弓を手にした武者が、油断なく四方を警戒している。信長の派遣した将兵である。

信長の建てた御所で、信長の兵に守られて、誠仁親王がいる——。

まさに籠《かご》の鳥ではないか。

——あの男はいったいなにを考えているのだろうか。

前久はあらためて首をひねった。

天下を、おのが手に握るつもりである——ということは、よく分かる。

弓取りの家に生まれた者ならば、あらゆる武家の上に、棟梁《とうりよう》として立ちたいという願いは当然であろう。そのこと自体は、望みやよし、と称賛されこそすれ、非難されることではない。

困るのは、ただ一点、帝の処遇だ。

天下に武を布《し》き、武家の棟梁として将軍職に就きたいというのならば、なんの問題もない。帝に奏上して、将軍職に任じてもらえばそれでよい。

武家が帝を奉戴《ほうたい》し、崇敬しているかぎり、正親町帝は仁をもって遇するであろう。わがままをいうほどの武力も財力もないことを一番よく知っているのは、帝自身である。

ところが、信長は、帝に対してまるで崇敬の念がない。

利用できるところは骨までしゃぶり、役に立たなくなったら捨ててしまうつもりなのだ。それは、将軍義昭への仕打ちを見ていれば、はっきりしている。殺しこそしなかったが、一度は奉った義昭を攻め立て、あっさり追放した。

いまの信長を見ていると、まったく同じことを、正親町帝に対してやりかねない勢いである。

――さすがに弑《しい》しはすまい。

とは思う。

そんなことをすれば、たとえ天下の上に立とうともあまりにも世評が悪くなりすぎる。比叡山を焼き払ったり、一向門徒を焼き殺したのとは、わけが違う。

この国では、帝こそがなにより絶対の存在だ。神武帝《じんむのみかど》よりこの方、連綿とつづいてきた皇統である。南朝、北朝の分裂をへてもなお、一系をたもつ無二の家系である。その皇統をないがしろにして、秋津島《あきつしま》が統《す》べられるものではない。

「いや……」

とつぶやいて、前久は目頭をおさえた。あまり眠っていないので、目の奥がむずむずする。

いまの信長ならば、そんな世評に大きな意味は見出《みいだ》さないかもしれない――。

じつは、前久こそが、もう帝に見切りをつけようと思っていた。

――これからは、武家の世だ。

どのように考えても、そうとしか思えない。これから、公家《くげ》が力をつけて、武家の上に立つことなどありえないであろう。公家はもはや、武家にたかる虱《しらみ》のようにしか生きられない。

かつて、近衛家は、九州の薩摩、大隅《おおすみ》両国をはじめ、広大な荘園を擁し、ありあまる財力を誇っていた。五摂家《ごせっけ》の筆頭としての家格にふさわしいだけの優雅な生活を送っていた――。それは、話に聞くだけの遠い昔のことである。

前久が生まれたときは、すでに零落していた。

若き日の前久は、新天地をもとめようと考え、関白の身分のまま越後に下向した。供を連れて長尾景虎《ながおかげとら》の春日山《かすがやま》城下に寄寓《きぐう》したのであった。

景虎は、関東を制圧しようと狙っていた。彼のもとで、あわよくば武家としてなにがしかの地位を得たいと考えた前久は、関東の拠点となる下総古河城《しもうさこがじょう》に入城し、景虎とともにかの地を制圧しようとした。

しかし、うまくいかなかった。

――武家は勝たねばならぬ。

その厳しい現実にぶつかってしまった。

景虎が関東にいるあいだこそなんとか制圧できても、越後に引き返してしまえば、また北条《ほうじょう》の勢力が優勢になった。

結局、景虎は、関東を手にすることはできなかった。前久はなんの得るところもなく、空しく京に帰った。

――武家は勝たねばならぬ。

そのことが、身に染みて分かった。

――後ろ楯《だて》にもとめるなら、勝つほうの武家でなければならない。負けてしまえば、前久自身の首さえ危ういのだ。慎重のうえにも慎重に判断しなければならない。

長尾景虎にくらべると、信長はよほど周到である。美濃を制圧した信長は、その家督をあっさり長男信忠《のぶただ》にゆずって、近江の安土に城を築いた。

そしていま、近江をも家臣たちにゆずって、大坂に出ようとしている。

そこまで捨て身にならなければ、武家は勝てない。

武家としての信長の器量を見込めばこそ、前久は彼と朝廷のあいだで奔走した。

この三月には、信濃、甲斐の遠征にも、太政大臣の身分で従軍した。あれやこれやの苦労があって、信長から重用され、山城《やましろ》のうちに、合計千八百石の知行《ちぎょう》をもらっている。落魄《らくはく》した摂関家にとっては、たいへん大きな収入といわなければなるまい。

「弑逆散を煎《せん》じました」

後ろの声に、また全身が凍《い》てついた。ふり返ると、女房が台にのせた天目茶碗《てんもくぢやわん》を置いたところだった。

——落ち着け。

前久は自分に言い聞かせた。

帝を弑する者などおりはせん——。言い聞かせていないと、不安で胸が裂けそうになる。

いま、日《ひ》の本《もと》は大きくねじれている。明らかに皇統が危機にさらされている。

正親町帝は、それを強く感じればこそ、前久に節刀を渡し、信長討伐を命じたのである。

――弑《しい》も誅《ちゅう》もできるものか。

どちらの道をえらぶにせよ、地獄である。前久自身も血にまみれずにすむはずがない。

胃の腑がまた、きりきりと痛んだ。

前久は、天目茶碗を手に取ると、なかの液体を一気に呷《あお》った。

口が曲がるほどの苦さに、前久は大きく咽《む》せ込んだ。

二

苦い薬のあとの口直しに、前久は南蛮渡来のコンフェイトスを舐《な》めた。

水晶のように透けているギヤマンの小さな壺《つぼ》に入ったコンフェイトスは、赤や黄色と色とりどりの小豆《あずき》ほどの粒で、小さな角《つの》がいくつもついている。

ひとつつまんで舌にのせると、強い甘みがひろがった。

――これも、信長にもらった。

信長についていれば、前久には、いろいろな恩恵がある。

帝――。

信長――。

損得の天秤《てんびん》にかければ、どうしても信長のほうが重い。すぐに、そちらに傾く。

その信長を討伐せよと帝に命じられたのだから、胃の腑が痛くなるのは当たり前だ。

「吉田様がおいであそばしました」

舎人が告げたので、ここに通すようにいった。

すぐに、吉田兼和がやってきた。

前久より一つ年上で四十八になる吉田は、小太りで色が白い。あごが二重になっているのは、ふだん、よほどよい物を食べているからだろう。

白い狩衣《かりぎぬ》には、一点の染みも皺《しわ》もなく、烏帽子《えぼし》がすっくと立っている。洒落者《しゃれもの》だし、装束に気をつかうだけのゆとりがあるということだ。

いつも、人がよさそうに目を細めてにこやかに笑っているが、その実、腹のなかには、さまざまな思惑が渦巻いている男である。

「よいところに来てくれた」

前久が口を開くと、吉田がいつもの笑顔を消してうなずいた。

「たいへんなことになりましたな」

この男がどこまで知っているのか、前久は判じかねた。

「まったくだ」

「いかがなさるおつもりですか」

「いかがとは……」

「節刀のことにござりまする」

「…………」

吉田は京の神楽岡《かぐらがおか》にある吉田社の神官で、内裏《だいり》では神祇官《じんぎかん》の次官《すけ》である大副《たいふ》に任じられている。さまざまな神祇の祭典をつかさどるほか、全国の神官たちを支配する役目である。

宮中での祭祀《さいし》をつかさどっているだけに、帝のそばで、あれこれと相談を受けているのは、前久と同じである。

そして、信長にすり寄っているのも、前久と同じである。

節刀のことは、おそらく帝から直接聞いたのだろう。

――前久を手助けせよ。

とでも言われたに違いない。

「どこにしまっておいでですか」

「箱に入れ、長持ちに鍵《かぎ》をかけて、土蔵にしまってある。あんなもの、織田の人間に見られたら、どうにも言い訳が立たぬ」

前久は受け取って蘇芳《すおう》染めの袋に入れ、自分の身から離さずに持ち、輿《こし》に乗って帰った。

吉田が口元を歪《ゆが》めている。苦渋の顔つきだ。

「受け取られたのがまずかったですな。受け取るべきではなかった」

「貴殿はあの場にいなかったからそんなことが言えるのだ。帝の形《ぎょう》相《そう》ときたら、いままで見たことがないほどに恐ろしげであったわい」

「情けない」

首をふった吉田が、コンフェイトスの壺に手を出した。蓋《ふた》をとって、掌《てのひら》に五つ、六つ転がすと、無造作に口にほうり込んだ。

「帝に対し奉り、意見できるのは、近衛様をおいてほかにないと信じておりましたのに」

前久は、また胃の腑が痛くなった。

「信長殿を誅《ちゅう》したりすれば、この国はどうなるか、考えてご覧になりましたか」

「そのことを考えはじめると、麿《まろ》は夜も眠れなくなる」

実際のところ、いま信長がいなくなれば、この国は大きな柱を失うことになる。

無茶なやり方だが、信長なればこそ、ここまで国をまとめ上げた。

今川も武田も上杉もできなかったことを、信長はやろうとしている。

いま信長が消えることは、内裏にとっても、大きな損失である――という点で、近衛前久と吉田兼和は、かねて同じ意見だった。

武家をたばねられるのは、武家しかいない。もはや内裏にそれだけの力がない以上、誰かを武家の棟梁として立て、それを認証することで、朝廷の権威を保つしかない。

「いかに信長殿とて、まさか帝を弑しはすまい」

前久のつぶやきに、吉田がうなずいた。

「弑し奉るなどということは、さすがにござりますまい。しかし……」

口ごもった吉田が、また、コンフェイトスの壺に手を伸ばした。

吉田は、帝の信任も篤《あつ》いが、信長からも頼られている。

かつて、信長が上京《かみぎょう》を焼き払うにあたって、相談を受けたのはこの男である。

比叡山を焼き討ちした信長にしても、内裏のある京を焼くことには大いに迷いがあった。のちに災厄が降りかかってこぬかどうか、心配になったのである。

神祇管領《かんれい》とも称されて、神道界の最高権威であった吉田は、そのとき、こう答えた。

「南都北嶺《ほくれい》が共に滅亡したら、王城としての京の都に祟《たた》りがあるとの言い伝えがありますが、書物に記されたものではなく、典拠がございません」

その答えが信長に気に入られた。

「いつだったか、織田殿にたずねられたことがあります」

「なにを、かね」

「帝というのは、もとをただせば神主の棟梁か、と」

前久は、絶句した。

将軍が武家の棟梁ならば、たしかに帝は神主の棟梁かもしれない。

「なんと答えた」

「もとをたどれば、たしかにさようでございましょう、とお答えしました。いま、あのときの問答が、しきりと思い出されてなりません」

信長は、やはり、帝を放逐するつもりなのだ。前久は確信を深めた。

大坂の城に内裏をつくるとは言っているが、こと帝に対しては、いくつもの切り札を用意しているのが信長である。ほんとうに内裏をつくるかどうかもよく分からない。

「しかし、織田殿にしても、迷っておろう」

前久は、つぶやいた。

なにごとにも果断な信長であるが、こと内裏に対してだけは、どうにも、策に一貫性がない。譲位や官職のことで高飛車に出たかと思えば、本願寺との講和をすがりつくようにして頼んだこともある。

「迷いもしましょう。なにしろ、帝と内裏を放逐するとなれば、日の本のすべてが敵になりかねません。伊勢の神官にさせたいのが本音でございましょうな。それならば、政《まつりごと》からは一切無縁になる」

吉田のことばに、前久は大きくうなずいた。

三

「いまひとつ、大きな懸念が出来《しゅったい》いたしました」

吉田の顔が、さらにけわしくなった。

「なにごとだ」

「本願寺からの使者が、内裏に参りました。昨日のことです」

先日、節刀を預かってから、前久は御所に出仕していない。帝と顔を合わせれば、必ずや、信長粛清のことを催促されるに決まっているからだ。ただでさえ胃痛がするのに、これ以上、なにかを言われたら、臥《ふ》せってしまいそうだ。

「なにを申してきたのか」

たずねると、吉田が両の拳《こぶし》をついて、にじり寄ってきた。

「顕如光佐《けんにょこうさ》の書状には、信長に死を賜え、との激越なことばがならんでおりました」

「信長に死を……か」

「はい」

本願寺の門主である顕如は、前久と朝廷の仲介で信長と和議を結び、大坂を退転して紀州《きしゅう》の鷺森《さぎのもり》に移った。

とはいえ、その顚末《てんまつ》に納得しているわけではない。

仲介に立った前久と朝廷の顔を立てて、講和に応じただけだった。

実際のところ、優勢だったのは、むしろ本願寺のほうだったのである。

石山本願寺との十年におよぶ合戦で、信長は疲弊していた。石山が陥落しないかぎり、数万の軍勢が、ずっと釘付《くぎづ》けにされてしまう。石山に門徒衆がいれば、安心して西国に兵を進めることができない。

本願寺門徒は、血気盛んだった。

信仰をもとにした集団ではあるが、寺内町《じないちょう》に住む人々は、あらゆる面で結束が強かった。寺内町の商人《あきうど》たちには、自分たちの力で流通を牛耳れるという自負がある。門徒のなかには、河川での水運業に従事する川並衆《かわなみしゅう》も多く、各地の寺内町を拠点とした経済圏ができあがっていた。門徒たちは、なんとかしてその利権を取りもどしたがっている。

「ならば、帝は……」

「わが意を得たりとばかりにお歓《よろこ》びです。毛利、上杉、足利義昭らに密使をつかわされました」

「密使だと」

前久の声が、つい大きくなった。

「しっ」

さらに、息のかかるほどの近さに、吉田がにじり寄った。

密使をつかわすなら、前久にひとこと相談があってもよさそうなものだ。それがなかったということは、帝が、前久を、信長方の人間として警戒しはじめたのかもしれない。

「なんとしても、信長包囲の陣を形成なさるおつもりでござろう」

「しかし、そうは申しても……」

毛利が出てくるにしても、まずは目前にいる秀吉の大軍を踏みにじらなければならない。

ただし、実際に帝が動くとなれば、話はいささかちがってくる。越後の上杉景勝《かげかつ》、相模《さがみ》の北条氏直《うじなお》、四国の長宗我部元親《もとちか》が連合すれば、それだけで、ざっと十万からの軍勢となる。そのうちの五万は動かせる。

彼らが動けば、いったんは織田家の支配下に属した伊勢や信濃、甲斐、あるいは、越中《えっちゅう》や能登《のと》、加賀《かが》、また、但馬や因幡などの地侍《じざむらい》が蜂《ほう》起《き》し、織田の武将たちを追い出すことができる。

そんな可能性を、吉田が説いた。

「そこまでは、動くまい……」

「たしかに、簡単には動きますまい」

そこで言葉を切って、厚いくちびるを舐めた。

「しかし、もし、信長殿が、突然、亡くなったとすれば、いかがでしょうか」

吉田のつぶやきを耳にして、前久の全身に鳥肌が立った。

この男は、さきほど、節刀を受け取ったことを、情けない、と非難した。

いま、それとはまったく逆のことを言っている。こちらの本心を瀬《せ》踏《ぶ》みされている気がした。

「ようくお考えくだされ。いったい、我らにとって、なにが得で、なにが損か」

「それは……」

懸命に考えているつもりである。いや、天下国家の経綸《けいりん》などより、前久は、これまでの人生、おのれの身の処し方だけを考えてきたと言ってよい。

十九歳の若さで、関白になったものの、なんの実権もなかった。越後に行ったあとも、摂津、河内《かわち》、丹波、薩摩と、長い年月流浪して、さんざんに世の辛酸を嘗《な》め尽くした。

それが、信長と出会って、ようやく摂関家らしい暮らしを立てることができるようになった。千八百石の知行は信長が与えてくれたものだ。恩義を感じている。信長がいればこそ、武家の世でも、重用される。

大きな目を剝《む》いて、吉田が前久を睨《にら》みつけた。

「いま、天秤が大きく揺れ動いております。近衛殿もわたしも、これまでは信長殿に賭《か》けてきた。しかし、ここにきて、風の向きが変わってきているのです」

「…………」

「もしも、信長殿が大坂に城を築いたとしたら、いったいどんな世になるか、つらつら考えなさるがよろしかろう。まさか、極楽浄土、わが世の春が望月《もちづき》のごとくあらわれるとは思うておられますまいな」

前久は胸を突かれた。

じつは、信長が大坂に城を築けば、王道楽土とは言わぬまでも、泰平の世がやってくるだろうと信じていた。

帝も、公家も、みんな大坂に移ればよいではないか。内裏をつくってくれるというのだ。公家町もつくってもらおう。そこで、帝が国家の安寧《あんねい》、五穀《ごこく》の豊穣《ほうじょう》を祈り、公家衆が、それを補佐すればよいではないか――と考えていた。

「帝に用がなければ、公家衆にも用はないということ。すなわち、近衛の家も、用済みということでござるぞ」

「…………」

こちらに鋒先《ほこさき》が向かってくるとは、考えていなかった。自分だけは、いつまでも信長から重用されるだろうと、なんの根拠もないままに思い込んでいた。

しかし、たしかに、考えてみれば、それは虫のよすぎる話だ。世の中が大きく動こうとしているとき、自分だけ無傷でいられるはずがない。

「では……」

「さよう。やはり、信長殿を誅するべきでしょうな。信長死すべし、との、勅《みことのり》と節刀を、生かしなされませ。それが天命でございましょう」

天命、と聞いて、前久は、また胃の腑が痛んだ。

吉田神道には、隠幽教《おんゆきよう》秘伝というのがあって、密教の修法《ずほう》にも似た加持《かじ》で、祓《はら》いもすれば、亀卜《きぼく》もおこなう。

前久も、なんどか亀の甲羅を焼いて卜《うらな》ってもらったことがあるが、じつによく言い当てるので驚いた。神祇の管領といわれるだけあって、この男のことばには凄味《すごみ》がある。

しかし、簡単にうなずけることではない。

「誰に、そんなことができるというのか。軍団を率いた武将でなければ、信長を斃《たお》すことはできない。毛利にせよ長宗我部にせよ、長途を駆けて、京、安土を襲撃することは不可能だ」

「毒を盛るのが、簡単でございましょうな」

「毒……、やはり、弑逆散か……」

前久は、さっき飲んだばかりの薬の味を思い出して、口のなかが苦くなった。コンフェイトスには、手を伸ばさなかった。苦みを苦みとして、口中で味わった。

「しいぎゃくさん……」

「なんでもない。信長のまわりは、奥向きまで厳重に警戒されておる。台所で毒を盛るなど難しかろう」

「いえ、毒は、皿に盛るとばかりは限りません」

「ならば、どこに盛る」

「馬の鼻面に盛ります」

「…………」

「毒の入った餌でも、鼻面にぶら下げられれば、馬は懸命に走りましょう。食べれば死ぬとは知りませぬゆえ」

「毒入りの餌か……」

言わんとすることは、だいたい分かった。

信長の味方の誰かに、餌をぶら下げて、利用しようというのだろう。

そして、信長がするように捨て殺しにしてしまえ、というのだ。

悪どい――、とは思わない。
武家の世だ。勝たなければ意味がない。勝つためには権謀術数もつかう。
そんな毒入りの餌を食べてくれるお人好《よ》しがいるかどうか、それが問題だ。
いれば、その男に節刀を渡すのがよい。
いや、節刀など渡さずともよい。正親町帝の密勅が下ったことを告げるだけでよい。
失敗したときのことを考えると、証拠となる品はできるだけ残さないほうがよい。
それならば、なんとかなるかもしれない。信長を誅することができるかもしれない。

「しかし、そんな都合のよい男がおるか」

吉田がゆっくりうなずいた。

「亀卜に出ました」

縁側の板に、指で線を引いた。

真ん中に縦に長く一本。そこから、左右直角に、たがいちがいに一本ずつ。右の一本からは、さらに一本の枝が出ている。

亀の甲羅が、そんな形に割れたらしい。

「味方の内、敵になるものあるべし、との託宣です」

吉田が指でなぞった縁側の板には何の線も残っていないが、前久はいつまでも見つめていた。

天正十年四月二十九日
京　神楽岡　吉田社

亀卜《きぼく》の家

吉田兼和

一

吉田兼和《よしだかねかず》は、井戸端に出て下帯一本になると、釣瓶《つるべ》をたぐって水を汲《く》んだ。夜明け前のことで、あたりはまだ漆黒の闇だ。

「天照皇太神《あまてらすすめおほんかみ》の宣《のたまわ》く、人はすなわち、天下の神物なり。静め謐《しず》まることをすべからく掌《つかさど》るべし。心はすなわち神明のもとの主たり……、目にもろもろの不浄《けがれ》を見て、心にもろもろの不浄を見ず。耳にもろもろの不浄を聞いて、心に不浄を聞かず……」

六根清浄大祓《ろっこんしょうじょうおおはらえ》の祝詞《のりと》を唱えながら、水をかぶった。眼、耳、鼻、舌、身、意の六根の汚穢《おわい》を祓《はら》い清めて清浄にするため、曾祖父にあたる吉田兼倶《かねとも》が法華経《ほけきょう》から取り入れてつくった祓詞《はらえことば》である。

吉田家は、古代から連綿とつづく卜部《うらべ》氏の末裔《まつえい》だが、応仁《おうにん》の乱のころ、兼倶が、仏教、儒教、道教、陰陽道《おんみょうどう》をたくみにおりまぜて唯一神《ゆいいっしん》道《とう》をつくりあげた。ちょうど混乱期で、内裏《だいり》での儀式もとどこおりがちな時期だったので、兼倶は政治力を発揮するようになり、日本のすべての神社に君臨するだけの絶大な力をもつにいたった。

兼和はその吉田家の当主として、大いなる自負を抱いている。色白でふくよかな顔だちは油断がなく、神官ではあっても、権謀術数に長《た》けているように見える――。

夜明け前の気は、静謐《せいひつ》だ。雑人《ぞうにん》が井戸端に置いた灯明《とうみよう》が、あたりの闇をいっそう深めている。兼和は、気合いを込めて、桶《おけ》の水を頭から浴びた。

真冬ほどの厳しさはないが、それでも、水をかぶれば心身が引き締まる。斎戒沐浴《さいかいもくよく》を十七日続けなければ、亀卜《きぼく》はできない。

兼和は、このところ、しきりと亀卜をおこなっている。秘《ひそ》かに大事を成すためには、念には念を入れて、神意をたずねなければならない。

桶に二十杯の水をかぶると、全身が火照《ほて》った。

帷子《かたびら》を羽織って屋敷のなかに入り、ていねいにからだを拭《ぬぐ》ってから、軽くて薄い生絹《すずし》の浄衣《じょうえ》を着た。生絹の浄衣は上皇だけが着用するが、吉田家はとくに許されている。

着付けを手伝っているのは、初老の雑人である。このところ、不浄を忌んで、妻を遠ざけているし、若い巫女《みこ》との秘め事も控えている。なにしろ、この国の屋台骨がゆらぎかねない一大事である。いささかも気をゆるめるわけにはいかない。

浄衣を着て立烏帽子《たてえぼし》を被《かぶ》った。

浅沓《あさぐつ》を履いて庭に出ると、鬱蒼《うっそう》とした神楽岡《かぐらおか》の森で、小鳥たちがさえずっている。

森の上の空は、すでに明け初《そ》めて、淡い薄紅色に朝焼けしている。

今日いちにち、天下が平穏であることを祈らずにはいられない。立ち止まると、東雲《しののめ》の空に向かって拝礼した。

庭の白州《しらす》に幔幕《まんまく》が張りめぐらせてある。

狭い囲いだ。夜露で湿ったのか、幕がすこしたるんでいる。

浅沓を脱いで素足になり、幕をめくって、なかに入った。

正面の棚には、八本の幣《ぬさ》が、一列にならべて立ててある。白い切り紙の束が、八本ならぶとさすがに壮観だ。

幔幕の中央にすえた畳一枚ほどの板敷きの台は、三方に欄干がついている。周囲に注連縄《しめなわ》が張ってある。

右に灯明。左の花瓶には、白い芙蓉《ふよう》が活《い》けてある。

花瓶の前に、皮をつけたまま太い楊枝《ようじ》のように細長く削った桜の枝が五十本ばかり、そろえてならべてある。これに火をつけて亀の甲羅を焼くのである。

台の真ん中に置いた素焼きの筒には、幣と三本のさまし竹が立ててある。

その手前に香炉。

香炉の前の小箱に白絹を敷いて、亀甲《きっこう》が二枚置いてある。

正覚坊《しょうがくぼう》と呼ばれる青海亀《あおうみがめ》の甲羅を十年以上干し、横五寸、縦八寸、将棋の駒の形に裁断したものだ。

目の細かい砥石《といし》でよく磨いた亀甲は、薄く透きとおって、玳瑁《たいまい》のように薄茶と黒がまだらになっている。

内側から小刀で縦と横に、細い溝を彫って筋をつけ、縦五分、横三、四分の長方形の枡《ます》に区切ってある。

大きなことを卜《うらな》う場合には、亀甲を一枚そのまま使うが、たくさんのことを卜いたいときは、亀甲を小さく区切って、ひとつずつ神意をたずねる。

兼和には、神意を問わねばならぬことがたくさんあった。

ひとつひとつの小さな枡目のなかに、

「┤├」

の線が、墨で書き付けてある。火で焼いた亀甲に、どのようにひびが入って割れるかを、つぶさに見届けるための目盛りである。

兼和は、まず、二十四枚の土器《かわらけ》の皿にひとつずつ菓子をのせて、台上に整然とならべて供えた。

さらに、八枚の土器に、酒をそそいで一列にならべて供えた。どちらも神への供物である。

深々と二礼してから、幣を振って、台上を清めた。台の前の祭座にすわった。

「高天原《たかまがはら》に、神留坐《かむづまりま》す、皇《すめら》が親神漏岐命《むつかむろきのみこと》……」

長い祭文《さいもん》を唱えながら、燧石《ひうちいし》に鉄を叩《たた》きつけて清浄な火花を散らした。硫黄の付け木を点じて灯明に火をともし、右に置いてあるちいさな土の炉の炭に火を熾《おこ》した。

祭文は、さらに続く。

「現《あら》天神光一万一千五百二十神、鎮地神霊一万一千五百二十神、惣《そう》じて日本国中三千余座、この座に降臨、すべて我が咎《とが》無し、神の教えのごとく、そのこと、善にも悪にも尊神の御計《みはからい》たらん」

吉田兼倶の創案した唯一神道は、日本全国津々浦々の神々を従えているため、神楽岡にある大元宮《だいげんぐう》には、三千余座の天神と地祇八百万《ちぎやおよろずの》神《かみ》が祀《まつ》ってある。それをすべて集めての亀卜だから、当たらないはずがない。

亀の甲羅と桜木を手に持つと、兼和は、一心に念じて六十余州の神々を呼び集めた。

桜木を一本取ると、炉の炭火に枝の先を入れて、火を移した。

桜木から炎が立っている。炎を消して熾火《おきび》にした。

「オンバリ、オンチリ、オンマニハンダモウン」

真言を七遍唱えると、枝の先の熾火にわが息吹をかけてさらに赤く熱くし、亀甲の裏に近づけた。

「ト、ホ、エミ、カミ、タメ。ト、ホ、エミ、カミ、タメ。ト、ホ、エミ、カミ、タメ……」

焼いているあいだは、この呪文《じゅもん》を、百回も千回も唱え続ける。

トは下、北、地をあらわす。

ホは上、南、天。

エミは、右、西、陰。

カミは、左、東、陽。

タメは、中央、土、人である。

枝の先の熾火を、内側から亀甲に刻んだ小さな枡のひとつに近づけ、トからホに向けて、三度なぞる。

亀甲が、ぴきっ、と小さな音を立てた。

ひびが入っている。

幣といっしょに筒に立ててあるさまし竹を取った。青竹を割り、茶《ちゃ》杓《しゃく》のように反《そ》らした物である。先を水器の水につけて、亀甲の内側に水滴を垂らして冷ました。

水気を拭い、筆の先でそこに墨を塗ると、ひび割れの筋がくっきり見えた。

五分と四分の小さな長方形のなかに、神意があらわれた。

ひびは、横に一筋。右下《エミ》がりである。

——我が心、下がりて悪なり。敵は気負うなり。

と、父の兼右《かねみぎ》から口伝で教えられたのを覚えている。

兼和はため息をついた。

——家康殿では、いかんか。

傍若無人な信長を粛清するためには、なんとしても力のある武家をこちらの陣営に引き入れなければならない。

——誰がよいのか。

それが、大問題である。

下手な男に話を持ちかければ、たいへんな騒ぎになる。もしも信長にかぎつけられれば、内裏など、その日のうちに灰にされてしまう。帝《みかど》といえど容赦なく追放、いや、晒《さら》し首にされる。

徳川家康がよかろう——武家伝奏勧修寺晴豊《ぶけてんそうかじゆうじはれとよ》と相談して、まずはそう考えた。

家康ならば、信長の子飼《こがい》ではない。むしろ、信長を踏み台にしてのし上がる機会をうかがっているはずだ。

信長を討つだけの兵力があり、なお将器があって毛利や上杉とも同盟しやすい。信長亡きあとの内裏を中心とした政治の枠組みを託しやすい――。

そう考えて、家康に、信長討伐の節刀《せっとう》をわたすべきかどうか、亀卜をおこなったのである。

しかし、神意は、否、と出た。

三河《みかわ》の家康を引き込んでも、なにか無理や齟齬《そご》が生じて、ことは成就しないということだ。大いに期待していただけに、兼和の落胆は大きい。

――では、羽柴筑前守秀吉はどうか。

じつは、心づもりの武将を二十人ばかり考えている。その一人ひとりについて、節刀をわたすべき男かどうか、これから神意をたずねる。日本国中三千余座、八百万の神々をこの幔幕のうちに招き、信長粛清に、もっともふさわしい武家を、神に選んでもらわなければならない。

あくまでも秘密裏にことが運べ、確実に信長を粛清し、そのあとの政《まつりごと》を託せる人物――。

となれば、人選は難しい。慎重にならざるを得ない。

兼和は、また呪文を唱えて新しい桜木に火をつけた。

――見つかる。必ずふさわしい男がいる。

強く念じながら、桜木の火を甲羅に近づけた。

二

兼和は浄衣を脱いで直衣《のうし》に着替え冠《かむり》を被《かぶ》ると、牛車《ぎっしゃ》に乗って内裏に出向いた。

今日は、ほんとうは下御所《しものごしょ》の誠仁親王のところに出仕する当番の日だが、せがれの兼治《かねはる》を代わりに行かせた。

清涼殿に入ると、正親町帝《おおぎまちのみかど》が待ちかねたようすで厚畳《あつだたみ》にすわっていた。

外はすでに日輪が高く昇って、暑いほどの初夏の陽気だが、庇《ひさし》が広いせいか、清涼殿のなかはいつも冷ややかで暗い。ここにいると、東庭の白州が目にまばゆい。

兼和が平伏して挨拶《あいさつ》を述べようとすると、正親町帝がそれを遮ってたずねた。

「いかがであったか」

帝の目が爛々《らんらん》と光っている。日ごとに顔が精悍《せいかん》になっていくように見える。

考えてみれば、帝が自分の意志をもって、なにかを成し遂げようとするのは生涯で初めてのことかもしれない。これまでは、武家に、いや、信長に翻弄《ほんろう》されてばかりの人生であった。

この帝は、笹舟が奔流に流されるような境涯を大きく変えようとしている。

「このようにあいなりました」

平伏したまま、兼和は直衣のふところから亀甲を取り出し、膝《ひざ》でにじり寄って、帝にさしだした。

受け取った帝が、真顔で亀甲を見つめている。

「右上から順に、おこないました。まずは、徳川家康」

「ふむ」

帝も、いささかは亀卜の基本についてのこころえがある。

「いかんか……」

眉間《みけん》に皺《しわ》を寄せて、つぶやいた。

「そこまでエミが下がっておりますと、凶と見なければなりますまい」

未練ありげな顔で、帝がひび割れを見つめている。右下がりの横のひびは、よい結果をもたらさない。

武家伝奏の勧修寺晴豊から、徳川家康の人柄について聞いた帝は、なんとかこちらの陣営に引き入れたいと言っていた。

「徳川家康は、木訥《ぼくとつ》で飾り気のない男だというておったな」

帝が、兼和とならんですわっている勧修寺を見た。広い清涼殿に、いまはこの三人しかいない。

「御意。浮かれたところがなく、義に厚い弓取りと存じます」

痩《や》せぎすの勧修寺が、表情を変えずにつぶやいた。

「この国の政《まつりごと》を託すに、もっともふさわしい男であろうかな」

「御意。一族を大切にする気風が強いのが心強いかぎりです。内裏に対しての崇敬の念もございます。もとは三河の土豪に過ぎませんが、いまは源氏を称しておりますゆえ、いずれは征夷《せいい》大将軍にふさわしいかと」

「ならば、やはり、徳川がよかろう」

徳川家康ならば、織田の臣下ではない。大きさに差があるとしても、同じ大名だ。臣下が主《あるじ》を弑《しい》するよりは、よほど敷居が低いはずだ。

勧修寺が首を横にふった。

「残念ながら、はなはだ警戒心の強い男。いかに話を切り出すかが難しゅうございます」

昨日、勧修寺は、徳川家康を第一の候補にあげていたが、卜《ぼく》が悪かったので、考えを変えたようだ。むろん、亀卜の神意に従うのが正しい。

「ふむ……」

渋い顔で、帝があごを撫《な》でた。

そうなのだ、この一件は、なにしろ、話の切り出し方が難しい。へたな話し方をすると、朝廷の存続にかかわる。

「それに、徳川家康では、織田家の将たちを押さえることができませぬ。あとでの混乱が必至となります」

まっすぐに帝を見すえて、勧修寺が言った。亀卜をおこなえば、見過ごしていたことに気づくことがある。それこそが神意のありがたさというものだ。

「徳川がいかんのならば、秀吉とかいうたな、いま毛利を攻めている羽柴筑前守はどうじゃ」

帝が、つぶやいた。

「大いに期待できるところでおじゃりますが、はて、亀卜はいかがでござったか」

「二番目に、羽柴筑前守を卜《うらな》いました」

甲羅の二番目の枡目には、左に反った縦の筋から、両側に一本ずつ枝のようなひびが出ている。

「ホがそこまで左に傾いておりますので、敵はございません。真ん中のタメが、内にふくらんでいるように見えるのは吉。総じて、出行《しゅつぎょう》に吉。よい相でございます」

兼和がいうと、帝が大きくうなずいて勧修寺を見た。

「羽柴筑前守は、信長の子飼ですが、亀卜でそう出ましたならば、脈ありと考えます。ただ、調略できる者がおりますまい」

勧修寺のことばは、もっともだった。前久は秀吉とは接点がすくない。

「なるほどのう、難しいか……」

帝が、あごを撫でた。

「はい。しかし、はなはだ利に聡《さと》い男でありますゆえ、誘い方によりましては、主をも裏切りましょう」

「信長亡きあと、政を任せられる男か」

勧修寺が首をふった。

「それは難しゅうございます。調略や軍略には長《た》けておるでしょうが、国の経綸《けいりん》となりますと、とてものこと」

兼和は、うなずいた。羽柴筑前守の亀卜は悪くはないが、万全とはいいがたい。

「この国を任せられる男はおらぬのか」

「細川殿ならば、とも考えました」

兼和がつぶやいた。

「おお、藤孝《ふじたか》だな。あの男なら、まちがいなかろう」

帝が膝を叩いた。

「三番目の卜《ぼく》が、細川殿でございます」

甲羅を顔にちかづけると、帝が目を細めた。

「これは……」

真ん中に縦に通ったひびが、行き止まりになるように、上に一本横にひびが入っている。

「ホの道が切れております。出行《しゅつぎょう》に悪く、よろずによろしからず」

うなずいた帝の目がさらに大きく開いた。

「いかんか……」

「なにしろ、戦《いくさ》を好む方ではありませぬゆえ、信長の本営を急襲するなど、とてものこと……」

したり顔で、勧修寺がつぶやいた。

――ふん。

内心、兼和は、となりにすわっている痩せぎすの武家伝奏を侮蔑《ぶべつ》した。

昨日、武将たちの名をあげたとき、この男は、顔を輝かせて言った。

「細川殿ならば、適任でおじゃろう」

まったく人を見る目のない男である。

じつは兼和も、細川藤孝ならば、と、少しは期待をかけた。兼和とはむかしから親交が深く、気安い仲であるから、話も切り出しやすい。しかも、信長の子飼ではなく、もとはといえば足利家の支族だ。家柄としては他の武将たちへの押さえもききやすい。

——しかし、あの男は……。

深く知っているだけに、兼和はあまり乗り気ではなかった。

——武の男ではない。

というのが、兼和の結論だった。

故実《こじつ》や和歌への教養が勝ちすぎて、武人としての働きは期待できない。むしろ、臆病《おくびょう》でさえある。

案の定、亀卜では、よろずによろしからず、とあらわれた。やはり、あの男では無理だ。

そのとおりに、帝に話した。

「では、いったい誰ならよいのだ」

苛立《いらだ》たしげな帝の声が、黒光りする清涼殿の拭板《ぬぐいいた》にひびいた。外では陽射しが強くなり、庭の白砂が、さらに白さを増している。

「柴田勝家、滝川一益、丹羽《にわ》長秀《ながひで》、九鬼《くき》嘉隆《よしたか》……、信長実子の、北畠《きたばたけ》信雄《のぶかつ》や神戸《かんべ》信孝《のぶたか》はべつといたしまして、織田軍団や、あるいはその配下で、信長の命を狙えるだけの心胆と戦略のある者はおらぬかと探しましたところ、一人おりました」

兼和が声を低めて話すと、帝が膝をのりだした。

「誰だ」

「真ん中の列の上から三番目に、最高の卜《ぼく》が出ております」

帝が甲羅をじっと見すえた。

「おお、これか。エミ、カミがともに、見事に反《そ》り上がっておる」

ただ一筋のひび割れだが、直線ではなく、三日月を横にしたように、左右の端が美しくすっと反り返っている。

「はい。我も人も同心にして、よろずに吉との卜でございます」

兼和のことばを聞いて、帝はさらに甲羅をしげしげと見つめた。

「これは、誰の卜だ」

帝の問いに、兼和はゆっくり口を開いた。

「惟任日向守《これとうひゅうがのかみ》。明智光秀にございます」

三

正親町帝が立ち上がって、弘廂《ひろびさし》に出た。庭を見ている。白い直衣《のうし》の後ろ姿が、老人にしてはやけに凜々《りり》しい。おのれの強い意志で背筋が伸び上がっているのだと感じた。

「惟任は、たしか美濃の出。土岐《とき》の末裔か……」

ふり返らずに、帝がたずねた。外は白砂から陽炎《かぎろい》が立つほどに陽射しが強い。明智光秀に、九州の旧族惟任の姓と日向守の官職を与えたのは朝廷である。

「はい。美濃の土岐の一族を称しております」

勧修寺が答えた。

「土岐ならば……」

れっきとした源氏である。斎藤道三によって美濃から追放されたが、名家にちがいない。

「ただし、その点は、いかにも怪しゅうございます。本当だといたしましても嫡流ではなし。庶流でおじゃりましょう」

勧修寺がつけくわえた。

「ふん」

正親町帝が、鼻を鳴らした。家柄になにほどの意味があるのか、と言いたげだった。

「人となりはどうだ。よもや、信長のような横紙破りではあるまいな」

こちらをふり返った帝の影が、大きくのしかかってくるように見えたので、兼和はいささかぎょっとした。今日の帝は、とてつもない執念が、全身に漲《みなぎ》っているようだ。

「とんでもないことです。惟任殿は、故実を解し、風雅を愛《め》でる聡《そう》明《めい》な武人でございます」

兼和は、首を大きく振った。

「そちは、惟任と親しいのか」

帝がたずねた。

「御意。かねてより、連歌の席などでお付き合いさせていただいております。明智殿は、有職《ゆうそく》故実にも詳しく、連歌に精進なさることとしきりでございます」

「連歌か……。では、紹巴《じょうは》とも親しいか」

里村《さとむら》紹巴は、当代随一の連歌師で、近衛家に出入りしている。公家《くげ》たちにもよく知られている。

「はい。なんども、同座して連歌興行しております」

立ったままの正親町帝が、鼻の下の髭《ひげ》を撫でつけた。

「惟任という男、おもしろいかもしれぬ」

公家にちかく、こちらの陣営に搦《から》め捕りやすい男として、帝は考えているらしい。

「武人としては、どうだ。軍略にぬかりがあるようでは困るぞ。あの男はたしか、丹波を攻めたはず……」

「はい。丹波攻めで、大いに軍功をあげておいで。信長の将のなかでも筆頭の位置におられます。荒武者の多い織田の家臣のなかでは、知恵第一等でございましょう」

正親町帝が、するどい目つきで兼和を睨《ね》めつけた。

「そのような者が、主《あるじ》を弑するか」

「その点では、おもしろい風聞がおじゃりまする」

勧修寺晴豊が、声をひそめた。

「なんだ」

「さきごろの甲斐討伐のとき、惟任殿が、信長めから罵倒《ばとう》され、さんざん打擲《ちょうちゃく》されたというのでございます。主従といえど大きな齟齬がおじゃりましょう」

帝が目を大きく見開いた。瞳《ひとみ》のなかに強い光があった。

「恨みに思うておる、ということか……」

「御意」

勧修寺晴豊が平伏した。

ちいさく何度もうなずくと、正親町帝は階《きざはし》を降りて浅沓を履いた。

清涼殿の前には、呉竹《くれたけ》と河竹《かわたけ》が申しわけ程度に生えているだけで、ほかに植栽や石などはない。白砂を敷きつめただけの清浄な空間である。

兼和は、帝につづいて階を降り、呉竹のそばに控えた。勧修寺もそうした。

帝が、空を見上げている。

初夏の青空である。南の空に日輪が輝き、白い雲がいくつか浮かんでいる。

「天照皇太神《あまてらすすめおほんかみ》を勧請《かんじょう》せよ」

「はっ……」

「天照皇太神ただ一神に、神意を問え。皇統の存亡に関わることである。あちこちの国津神《くにつかみ》や八百万の神々にたずねても、しかたあるまい」

「…………」

兼和は、ことばを詰まらせた。なにをたずねよというのか。

「さっそく仕度をせよ。ここでやるがよい」

「ここで、亀卜を、でございますか」

「いや……」

正親町帝が首をふった。

「どうせなら、紫宸殿の南庭《だんてい》がよい。亀卜は、殿内ではできぬのだな」

「はい。五行がそろわねば行えません」

亀卜には、水火木金土の五行が必要である。

水は焼いた甲羅を冷やすときに使う。火はいうまでもなく甲羅を焼く。木はその火を燃やす桜木。金は甲羅を彫る鑿《のみ》、あるいは水を入れておく器でもよい。これらの祭具を、地にすえれば、五行すべてがそろうことになる。

「しかし、紫宸殿の南庭などで亀卜をいたしますれば、舎人《とねり》の端にまで知られてしまい、秘密が露見いたしましょう」

「なに、今年の稲作の豊凶を卜すると言え。なんの不思議があるものか。さっそく仕度せよ」

兼和はいちど神楽岡の屋敷に帰り、祭具を荷造りして雑人に運ばせた。

帝の常の御座所の清涼殿とはちがい、紫宸殿は即位式などの重要な儀式を執りおこなう場所である。建物は大きく庭が広い。

門はふだん閉ざされている。人のいる場所ではない。築地《ついじ》の外側で、衛士《えじ》たちが警戒している。

正面に大きな屋根の紫宸殿。左近の桜、右近の橘《たちばな》。

幔幕は張らず、広い庭の真ん中に、祭壇をしつらえた。

棚に八本の幣をならべ、祭座や炉の仕度をして、花瓶や灯明までならべると日が傾いた。

兼和はあらためて井戸水をかぶり、浄衣に着替えた。

淡い夕暮れのなかで、祭文を唱え、燧石《ひうちいし》を切って炉に火を焚《た》いた。

帝が紫宸殿の中の高御座《たかみくら》にすわって、じっとこちらを見ている。

兼和は緊張で気が張りつめた。

二十四皿の菓子と八皿の酒を供え、天照皇太神だけを勧請した。

真言を唱えると、こめかみが痙攣《けいれん》した。それだけ気が昂《たかぶ》っている。

大事なトなので五角に整形した甲羅を一枚そのままつかう。

「ト、ホ、エミ、カミ、タメ。ト、ホ、エミ、カミ、タメ。ト、ホ、エミ、カミ、タメ……」

呪文を唱えながら、炉で燃やした桜木の熾火《おきび》のすぐ上に、亀甲を裏返してかざした。

下のトから、上のホへと、ゆっくり亀甲を動かして炙《あぶ》った。つぎに左のエミから、さらに右のカミから真ん中へと炙る。裏返しなので左右が逆である。

——惟任日向守は、首尾よく信長を弑することができるかどうか。

神意を問うのは、その一点だ。

夕闇がせまり、天が藍色《あいいろ》に染まってきた。

水底《みなそこ》のようなうす暗い光のなかで、熾火が赤く燃えている。

火に、とてつもない霊力があると見えた。

三度、甲羅をかざすと、ぴきっ、と大きな音がした。

さまし竹で、内側から水をかけて清浄な紙で拭った。筆で墨を塗って、いま一度拭った。

熾火にかざしてみると、くっきりと一本の線が見えた。

――奇瑞《きずい》だ。

兼和の全身に、鳥肌が立った。

今朝、神楽岡の屋敷で卜したのと、まったく同じ線があらわれている。

三日月を横にしたような麗しい優美な線がくっきりと見えている。

二度つづけて同じ線が出たのである。奇跡といってよい。

まちがいなく吉兆だ。

兼和は、亀甲を手に、白砂の庭を小走りに急いだ。

階《きざはし》を登り、高御座の下から亀甲を差し出すと、玉座から立ちあらわれた帝が手ずから受け取った。

灯明にかざして見ている。

「これは……」

「奇瑞でございます。このこと、まちがいなく成就いたします」

亀甲を見つめる帝の目に、鬼火のように青白く妖しい光が宿った。

伝奏《てんそう》の役目　勧修寺晴豊

天正十年五月一日
京　二条　下御所

一

閨《ねや》で着ていた白い帷子《かたびら》のまま朝の粥《かゆ》を食べ終えると、勧修寺晴豊《かじゅうじはれとよ》は身仕度にとりかかった。今日は、誠仁《さねひと》親王のいる下御所《しものごしょ》に出仕する日である。

黒い束帯を着込んで石帯《せきたい》を締め、檜扇《ひおうぎ》を帖紙《たとう》にはさんで懐中におさめた。女官のさしだした冠《かむり》を被《かぶ》り、笏《しゃく》を手にして外に出た。

空はいちめん雲におおわれている。雨が降るかもしれない。

妻女や舎人《とねり》たちが頭を下げて見送った。

晴豊は、長い下襲《したがさね》の裾《きよ》をさばいて輿《こし》に乗り込んだ。

「なんとかならぬものかのう」

狭い輿のなかに尻《しり》をおちつけると、晴豊はつい独りごちた。

二人の雑人《ぞうにん》が前と後ろで運ぶ輿は、ゆれが大きく、はなはだ乗り心地が悪い。

かといって、大仰な牛車《ぎつしや》や大勢の雑人が運ぶ輦《てぐるま》に乗りたいわけでもない。あれとて小回りがきかず、けっして乗り心地がよいわけではない。

――公家《くげ》は不自由だ。

つくづくそう思う。

侍たちは、馬に乗り、どこまでも好きなだけ駆けていく。

晴豊も馬に乗ったことがある。

最初は、なかなか思うように走ってくれずに難渋したが、手綱さばきに慣れれば、あの軽やかさは捨てがたい。

――みくびられてはならんのだ。

馬に乗って学んだのは、そのことだ。

馬は、乗る者をえらぶ。

乗り手が愚か者だと見下されてしまえば、馬はけっして手綱に従わず、いくら笞《むち》をくれても、腹を蹴《け》っても、一歩たりとも踏み出さない。

乗り手が利口だと感じれば、馬はたいへんよく走る。

――あつかいかたが大切なのだ。

馬も武家も、あつかいかたが難しい。しかし、それさえ心得ていれば、うまく乗りこなせる、使いこなせる。

晴豊は、ちかごろそう思うようになった。

ちかごろ、というのは、先日、勅使として安土に行ってからだ。

あのとき、惟任《これとう》日向守光秀から、白紙の奉書を突き付けられた。

信長を朝廷の重職に推任せよ――というのであった。

それだけならば、すでに帝《みかど》と相談して考えていたことだ。近衛前久《このえさきひさ》はそれを見越して、まもなく太政大臣を辞任することになっている。

関白であろうが、将軍であろうが、太政大臣であろうが、望みのままに授ける用意がある。

しかし、それだけではなかった。

惟任は、大坂への遷都を匂わせた。

はっきりと明言したわけではないが、大坂のよさをしきりと語った。

近衛前久が、甲斐遠征のときに聞いてきたところによれば、信長は、間もなく大坂に城を築くつもりらしい。

そして、大坂の城にも、安土の城とおなじように、帝が行幸《みゆき》するための内裏《だいり》をつくるという。

信長にしてみれば、安土から、京を飛び越えて大坂に行くことで、さらに版図《はんと》を広げるもくろみだろう。大坂にいれば、西方への睨《にら》みがきくし、明や高麗《こうらい》、南蛮との貿易もさかんにできる。

しかし――、と晴豊は首をふった。

それでは、気性のはげしい馬が、乗り手を振り落として、駆けていくのと同じである。武家という馬に乗っている内裏が、振り落とされてしまう。

武家は、なぜ武家たりえるのか。そのことを信長は忘れている。秋津島《あきつしま》には、神代のむかしから帝がおわしまして、内裏があり、公家がいる。

もとはといえば、清涼殿の外の滝口にさぶろうて、帝を守るのが武家のしごとだ。

それを忘れて武家が疾駆すれば、秋津島には秩序がないことになる——。

そんなことを考えていると、輿が下御所に着いた。

誠仁親王の御前に参じると、吉田兼和がさきに来ていた。ゆうべの宿直《とのい》は吉田の番だった。

「これは、ごくろうさまでおじゃりまするな」

晴豊が頭を下げると、吉田も頭を下げた。

吉田とは、昨日の昼間、内裏で顔を合わせた。

帝の前で、亀卜《きぼく》の結果をおしえられた。信長粛清の重任を託すべき男の名である。

そのあと、晴豊はこの下御所に来た。

吉田は、帝の命であらたな亀卜をおこなったはずである。

晴豊がそれに立ち会わなかったのは、誠仁親王から和漢の連句に呼ばれていたためである。宿直の吉田が遅くなり、晴豊も来ないのでは不自然なので、とにもかくにも晴豊だけやってきたのだ。

待っていたが、夜になっても吉田は来なかった。亥《い》の刻（午後十時）になって、晴豊はじぶんの屋敷に帰った。

「昨日、御所では、紫宸殿の南庭《だんてい》で亀卜をおこなったというぞ」

厚畳《あつだたみ》にすわった誠仁親王が、さも一大事のように口を開いた。

晴豊は気がかりなところを突かれてたじろいだ。

誠仁親王は、信長と親しくまじわっているので、信長粛清のことを告げぬのはもちろん、けっして気取《けど》られぬように、と、帝から念を押されている。

永禄十一年の誠仁親王元服のとき、ちょうど上洛《じょうらく》していた信長は、銭三百貫文を祝いとして献上した。欠けたり割れたりした鐚銭《びたせん》ばかりだったが、それにしても、あのころの信長にしてみれば、たいそうな出費であったはずだ。

それ以来、信長は、後見役のようにことあるごとに誠仁親王を守り立てている。

この下御所も、もとはといえば信長の京屋敷であった。自分は妙覚《みょうかく》寺《じ》にひきうつり、気前よくここを親王に献上したのは、帝と親王を切り離し、思いのままに動かそうとの魂胆であろう。

親王は、そのことに気づいているのかいないのか。信長にまかせておけば、天下のことがすべて穏便におさまると信じているらしい。

正親町帝《おおぎまちのみかど》は、はっきりしたことばで信長の危険さをなんども親王に忠告しているが、親王はいつも聞き流している。むしろ、信長こそが新しい時代を切り拓いてくれると頼りにしているようだ。

亀卜があったということばに、晴豊は大きくうなずいて隣の吉田を見た。この男はなぜわざわざそんなことを話したのか。

「さようでおじゃりましたか。知りませなんだな」

「帝がとつぜんに思いたたれまして、この秋の豊凶を卜《うらな》いました。およろこびくだされ。今年は、たいへんな豊作でございまするぞ」

吉田は顔で笑っているが、目が笑っていない。

誠仁親王がうなずいた。

「まことに重畳至極《ちようじようしごく》と慶賀いたしておったところ。これで信長殿が征夷《せいい》大将軍におさまれば、天下は、いたって平穏になるであろう」

黄丹《おうだん》の束帯を着てすわっている親王は、すでに三十路《みそじ》になるが、顔だちがいかにも幼げで、人としての骨が感じられない。この男が即位して帝になったりすれば、いずれ、信長にいいようにあしらわれ、放《ほう》逐《ちく》されてしまうだろう。

「先日きめたように、安土へは御《お》乳《ち》の人と麿《まろ》の女官をつかわす。話の種として亀卜の甲羅を持っていかせてもおもしろかろう。信長殿はご覧になったことがあるまい」

さきごろ晴豊が下向したおり、惟任日向守光秀から信長の任官のことをたずねられたので、また勅使が安土に下向して、正式に返事をすることになっている。

——いずれの職なりとも、お望みのままに。

というのが、内裏の正式な返事である。

こんどは、正親町帝、誠仁親王それぞれの女官を名代の勅使とする旨、すでに信長の京奉行村井貞勝《さだかつ》の了承も得ている。

正親町帝の名代としては、誠仁に乳を飲ませた乳母《めのと》が行く。

誠仁親王の名代は、いたく寵愛《ちょうあい》している上臈《じょうろう》である。

二人の女官にしたがって、晴豊をふくむ六人の公家が同行することになっている。女官たちは牛車で行くから、牛飼いまでいれて、一行はたいそうな行列となる。

「そのことで、御下賜《ごかし》の品のご相談がおじゃります」

晴豊は、束帯の懐から檜扇を取り出してひろげた。裏に細々と書きつけがある。

「そうじゃ。なにを持っていく」

「まず、禁裏より御服一重《ひとかさね》ときまりました」

「なるほど。では、麿からはなにがよい」

「懸香《かけこう》がよろしゅうございましょう」

「数はどうする」

「二十がよろしいかと。先般の下向のおりは、禁裏から懸香三十、親王様からは焚《た》き物十でおじゃりました。伝奏《てんそう》からも、生絹《すずし》やら鷹《たか》の碟《ゆがけ》やら、扇やらをさしあげておりますゆえ、こたびは、それくらいが相応かと」

「まかせよう。ほかには、なにを持っていくのか」

「時節がら、やはり生絹がよろこばれましょう。女官の勅使でおじゃりますゆえ、そのほかには、茶の子として菓子、栗、山の芋といったところがよろしいと存じます」

誠仁親王がうなずいた。

内裏や下御所にとって、各方面への下賜の品々は、たいへんに頭を悩ませる重大事である。あちらへの品と、こちらへの品、あるいは、あのときの品とこのときの品にへだたりがあると、あとあと齟齬《そご》をきたすもととなる。

「仕度にいかばかりの財貨がかかるか」

下賜品を用意するのに、もちろん銭がかかる。

「女官と随行の者に、八貫文ずつあればよろしゅうございましょう」

少ない額だが、いまの内裏の財政からいえば、それくらいが相応だ。

「よかろう。そちには、べつに路銀として一石とらせよう」

「ありがたきご配慮、痛み入りまする」

深々と頭を下げた晴豊は、このたびの下向の難しさを思い、胸が締めつけられる思いだった。

二

下御所を退出すると、勧修寺晴豊と吉田兼和は、それぞれの輿をすぐとなりにある近衛前久の屋敷に向かわせた。

「お体ご不調のゆえ、御寝《ぎょしん》なさっておいででございまする」

あらわれた舎人のいうことにはとりあわず、吉田が強い口調で口を開いた。

「かまわぬ。火急の用向きじゃ。起こして参れ」

黒い浅沓《あさぐつ》を脱いで館《やかた》に上がると、案内を待つのももどかしく広間に通った。

「菓子も茶もいらぬゆえ、誰もここに近づかぬようにせよ」

吉田が舎人に命じた。

「かしこまりました」

舎人が、顔を引き締めて下がった。

円座を蹴飛ばして近づけると、吉田がすぐそばにすわるように手招きした。その座に晴豊がすわると、吉田が膝《ひざ》を寄せて声をひそめた。

「このたびの勅使下向、たいへんな仕儀となり申したぞ」

晴豊もそれは察している。いつも磊落《らいらく》で、人を喰《く》って生きているほどの吉田が、誠仁親王の御前で、いたってけわしい顔をしていたのである。ゆうべ、内裏でなにか命じられたのであろう。下御所に来るのが遅くなったのも、帝と重大事について談合していたからにちがいあるまい。

「…………」

晴豊は答えず、じっと吉田の目を見すえた。

いかつい体つきの神官が、晴豊の視線を受けとめ、力強くうなずいた。

「近衛殿を、安土へ同道させて、惟任殿を説き伏せよとの御叡慮《ごえいりよ》じゃ」

低声《こごえ》で言ってから、吉田は空をにらんで、くちびるを嚙《か》んだ。どうにものっぴきならぬところまで来てしまったという顔つきである。

「無茶な……」

晴豊は、二の句がつげなかった。

近衛前久が同行するのは不自然ではないし、前久ならば、惟任光秀と二人きりになる機会もあろう。しかし、安土城内で主人の信長討伐を説き伏せるなど、とうてい思いもよらぬことである。

「いま、安土の城は、大将どもから足軽の端にいたるまで、祝賀にわいておる。城内も城下でも、人心がうかれたち、はなやいでおる。まもなく、徳川家康、甲斐の穴山梅雪《あなやまばいせつ》も祝賀におとずれるとの話。さようなときに……。いや、とてものことできる話ではあるまい」

梅雪は甲斐武田の一族だが、三月の甲斐討伐に際し、武田をうらぎって徳川にくだった。その褒賞に、信長から安土に招かれている。

「さような時だからこそ、人のこころに虚《うろ》ができる、と帝が仰せになった」

「なんと……」

晴豊は、息を呑《の》んでつぶやいた。

「虚か……。虚な……」

暗くぽっかり空いた洞穴を思い浮かべ、晴豊はうなずいた。

言われてみれば、分からぬこともない。信長は、これで関東から東海、北陸、畿内《きない》はもとより、山陽路、山陰路のなかばまでも平定している。日《ひ》の本《もと》の真ん中を、ほぼおのが掌中におさめている。

そんなとき、どのようなこころになるか——。

帝は、囲碁がお強い。

ときに、晴豊がお相手をすることがあるが、帝が白をお持ちになり、何目かこちらが置かせていただかねばならない。

――晴豊の碁は、底が浅うて、石を取ろうとしているこころが透けて見えるのう。

そう呟《つぶや》かれたことがあった。

――敵の石を取ろうとすれば、こころに虚ができる。勝っているときこそが危ないと戒めよ。

そう言いながら、無表情のまま晴豊の大石《たいせき》をお取りになった。

戦勝をよろこぶ信長のこころに虚があるならば、宿将たちにも虚があるであろう。その暗がりのなかで、油断やら、虚栄やら、野心やら、さまざまな感情が渦を巻いているはずだ。

たしかに、そこを突けば、まるで手ごたえのない話でもない。

「帝は、義と論と情をつくせと仰せであった」

「義と論と……」

「情でおじゃる」

正親町帝は、苦労人だけあって、人を動かす術《すべ》をご存じだ。

なにしろ、軍団をもたず、ただただ、官位を授与し、除目《じもく》の沙汰《さた》を下すだけで、麻のごとく乱れた世を泳ぎわたってきた度量は、じつのところ、なみたいていではない。

人がなにを喜び、なにをいやがるのか。

人がなににうつつを抜かし、なにに熱狂するのか。

人がなにを頼り、なににこころ動かされるのか。

帝にそれを読む力がそなわっていなければ、とうてい内裏はいままで存続しえなかったであろう。

力と力がせめぎ合う世の中で、そのあわいを縫い、どちらにも取り込まれぬ術こそが、帝と内裏の芸当であった。

「義は、たしかに内裏にある」

声は小さいが、断固とした口調で、吉田が言った。

「信長は、大坂に城をつくり、京の内裏をなきものにしようとしているゆえにな」

吉田のことばに晴豊は首をふった。

「しかし、それは、ただの推測でおじゃろう。まだなにもしておらぬのに断罪はできぬ」

「いや、あの男は、おのれが神になろうとしておる」

晴豊は黙した。まさにその通りなのだ。

「勧修寺殿が仰せであったな。安土の城は、山頂の大櫓《おおやぐら》を天主と称し、そここそが天下の主の座所であるというておるとな」

晴豊は、うなずいた。

あの天主のことを思うと、鳥肌が立ち、背筋が寒くなる。

「信長は、天主の望楼にすわり、天下を睥睨《へいげい》している。唐国の帝王や聖賢をまわりにはべらせ、釈迦を尻に敷いている、と。晴豊殿は、それをつぶさに見てこられたのでござるな」

「いやそれは……」

晴豊は、うなずくのをためらった。吉田がなにか怖ろしいことを言いそうだったからだ。

「それこそ、神を畏《おそ》れず、帝をないがしろにする大逆の罪。大宝律《たいほうりつ》のむかしから、謀叛《むほん》、大逆は最大の罪。謀《はか》るだけにて死罪と決まっております」

「…………」

殺人や強盗などの罪とちがい、国家や朝廷への反抗は、実行せずとも、ただ計画するだけでも重罪で、死罪となるのだ。

あたりを見まわして、晴豊はくちびるを舐《な》めた。前久は、まだ来ない。

樹木の茂った庭から、熱をはらんだ風が、むんと吹いてくる。

――叛《はん》を謀る。

ということなら、信長に対して、いくらでも罪状がつけられる。

「論をつくせば人はうごく、とも帝は仰せでござった」

「論をつくすとは……」

「惟任殿の勝算と、勝ったのちに得られる褒賞を語るのでござる」

「惟任殿に勝算があろうか……」

「瑣末《さまつ》な戦略、戦術のことはさておいて、信長が押さえた国の者たち以外は、みな、信長のやり口を嫌っておる。いまでも、本願寺門徒だけで何万の兵を送ることができることか」

「門徒の兵は、ほとんどが百姓ばかり。調練をつんだ織田の兵の敵ではおじゃらぬ」

「その門徒兵が、十年のあいだ、石山で信長を脅かしつづけたではないか。毛利にせよ、上杉にせよ、はたまた、信長に放逐された各地の残党にせよ、帝が信長討伐の勅《みことのり》をお出しになれば、たちまちその旗のもとに馳《は》せ参じよう」

晴豊は首をかしげた。

「はたしてそのようにうまくいくものか……」

「必ずそうなると、近衛殿にお話しなされよ」

手を伸ばした吉田が、晴豊の膝をかるく三度叩《たた》いた。

「話すとは、麿《まろ》が、か……」

おもわず身を引いて、晴豊は吉田を見すえた。

「貴殿は、こたびの勅使の随行でござる。近衛殿とご相談なさって、いかに説き伏せるか、方途をおさぐりなされませ」

喉《のど》がひりついたので、晴豊は喉仏のあたりを撫《な》でた。近衛前久ははなにをしているのか、いっこうに姿を見せない。

「惟任殿にお話しになるときは、情をつくせとの御意でござった」

吉田が気楽そうに言った。自分は同行せぬから、この男には他人事なのだ。

「情を、のう……」

檜扇をひろげて、晴豊は、じぶんを扇《あお》いだ。風そのものが熱く、ちっとも涼しくならなかった。

「惟任殿は、名門土岐の末流と聞きます」

「さよう。庶流なれど、そうらしい」

「ならば、情でもお説きなされませ。尾張の守護斯波《しば》殿を、力で追い払った守護代に、この国をまかせてよいものか」

晴豊は黙した。それを惟任に話せというのか。

「帝の血を引く源氏の名流こそが、征夷大将軍にふさわしいと」

「帝は、惟任殿を将軍に任じると仰せであったか」

吉田がこくりとうなずいた。

「ことが成就した暁には、そのようになりましょうな」

「ならば、畿内と周辺にいる織田の軍勢すべてを敵にまわすことになる」

「兵は拙速を尊ぶとか。帝の詔勅が迅速に届けば、さして大事にはなりますまい」

腕組みをして、晴豊は考えた。

周到な策にも思えるし、穴だらけの笊《ざる》にも思える。

「しかし、仮に惟任殿が信長討伐の勅命を受けられたとして、いったいどこで討ち果たせるものか……。いかになんでも安土では無理でおじゃろう」

「そのような戦術は、これからのこと。中国筋を攻めている信長は、いずれ京を通って、大坂に向かいましょう。中国攻めの援軍としては、まず惟任殿に命が下されましょう。そのときこそが、まさに天誅《てんちゅう》の好機」

ひそめていた声が大きくなったのを、吉田自身はまるで気にしていないようだった。

三

近衛前久は、たしかに寝ていたらしい。

ぼんやりした顔つきで広間にあらわれた。

それでも、明るい縹色《はなだいろ》の直衣《のうし》を着て、指貫《さしぬき》を穿《は》き、きちんと烏帽子《えぼし》を被って出てくるだけの礼節があった。

「お加減がよろしくないとうかがいました」

吉田がたずねた。

「ああ、いたってよろしゅうない。腹がしくしく痛んで、とてものこと起きているのがつらい」

たしかに顔が窶《やつ》れている。心労が重なっているのだろう。

「帝からのご下命をお伝えに参りました」

吉田が言うと、前久が深いため息をついた。それでも立ち上がって上座をあけ、下座にすわった。

上座に尻をおろした吉田が、威儀を正して笏をまっすぐ持ち直した。

「帝のご下命にございます。近衛前久殿におかれましては、安土に下向なされませ。そのうえで、惟任日向守光秀殿に信長討伐の節刀《せっとう》、秘密裏にお渡しなされますよう。このこと、しかと申しつけよとのお言葉でございました」

祝詞《のりと》を読みなれた野太い声で吉田が告げると、前久は、ふん、と鼻を鳴らした。

「さようなことができるかできぬか……。どだい、仮に帝がさように仰せられたとしてもじゃ、吉田殿と勧修寺殿のお二人が、なぜさような暴挙をお止めせぬのか。麿には、そのほうが不思議でならんわい」

「しかし、信長めは、帝への謀叛をたくらんでおります」

前久が首をよこにふった。

「とんでもない。織田家は、父信秀殿のときから勤王のこころざし篤《あつ》く、なんども銭を献上しているではないか。信長殿が内裏に謀叛などとは、言いがかりもはなはだしい」

顔を渋くゆがめた前久が、そっぽを向いた。

「麿は、行かんぞ。行くわけがない」

「しかし、帝のご意向でござるぞ」

「君子が間違っておれば、諫《いさ》めるのが臣下の役目。それをせなんだ貴公らの失態だわい」

「いえ、いかにも正しい御叡慮と感じ入っております」

吉田のことばに、前久がまた鼻を鳴らした。この男はまったく身勝手だ。先日は節刀を帝から受け取ったのを詰《なじ》っていたくせに、いまは叡慮などと持ち上げている。その定見《ていけん》のなさをすべて亀卜のせいにするのだから始末が悪い。

「吉田殿は、信長殿がお嫌いじゃな。信長殿は驕慢《きようまん》な質《たち》ゆえ、人に嫌われるのはしょうがない。しかしな、天下をここまでまとめ上げた御仁じゃ。ほかの誰も成し得なんだ偉業を成し遂げつつある御仁じゃ。いくらか驕慢なのはしかたあるまい」

「驕慢などは罪にはなりませせぬ。内裏をないがしろにせんとしているのが、なによりの罪」

吉田が、大きな黒目で前久を睨《ね》めつけた。

「ばかばかしい。麿は、信長殿が関白に就いて、政《まつりごと》をなしてくれる日を心待ちにしておる。群雄割拠して、安寧とはほど遠いいまのこの国をつくり直すことができるのは、ただ信長殿だけでおじゃるぞ」

前久は立ち上がって、奥に引っ込んだ。

しばらくして刀箱を両手で捧《ささ》げて戻ってきた。

刀箱を前に置いて平伏し、ことばづかいをあらためた。

「これを返上いたしまする。麿は安土には下りませぬ。腹がきりきり痛みまする。そのように帝にお伝えねがいたい」

辞儀をして膝で進むと、刀箱を吉田の前に押し進めた。

いまいちど頭を下げると、前久が立ち上がった。

「まこと、胃の腑《ふ》に穴があいたかと思うほど痛んでおる。すまぬが奥で休ませてもらおう」

青白い顔には脂汗さえ流れている。いかにも辛《つら》そうだ。会釈をして、そのまま奥に引っ込んでしまった。

上座の吉田と、下座の晴豊が取り残された。

桐の刀箱が、やっかいな物のように置いてある。

開けてみるまでもない。なかは金粉をすきまなく散らした沃懸地《いかけじ》の太刀《たち》である。帝が節刀として前久にあたえた太刀だ。

「さて……」

吉田が、ゆらりと扇をひろげた。

「なんとするかな……」

あの調子では、たとえ安土にむりに同道させたところで、信長討伐の密勅など、惟任光秀に伝えられまい。かえって密事が露見してしまうおそれがある。

「もうすこし骨のあるお方と思うておりましたがな」

吉田がまたつぶやいた。

晴豊は首をかしげた。

「いや、これればかりは帝の目利きちがいでおじゃろう。前久殿の任ではない」

束帯の首のまわりをくつろげて、晴豊も扇をつかった。あいかわらず風が熱い。

「ならば、勧修寺殿が説き伏せられまするか」

「誰を……」

「惟任殿をでござる」

真顔の吉田が、こちらを見ている。

この男は、日本全国の神をしたがえていると称するだけあって、信長とはまた別種の驕慢さをそなえている、と、あらためて感じた。

「むりだ。親しさの度合いが、前久殿とはまるでちがう」

近衛前久は、個人的に惟任光秀と親しい。晴豊は、武家伝奏として光秀を知ってはいるが、個人的な親交は皆無にひとしい。

「ならば、惟任殿と親しいのは、だれだろうか……」

「さて、武家でいえば、細川藤孝殿か」

細川藤孝ならば、惟任のむすめが、せがれの忠興《ただおき》に嫁いでいる。親しさはいちばんだ。

「いまは、丹後じゃな」

「ほかには、大和在陣のつながりで、筒井順慶《つついじゆんけい》殿……」

襟もとをくつろげた吉田が、扇であおいだ。

「しかし、武家では、なんともならぬな」

たしかに、惟任以外の武家に密勅を打ち明けるなど、思いも寄らぬことだ。

「公家ではいかがでござろう」

吉田にたずねられて、晴豊はまた頭をひねった。

「山科言継《やましなときつぐ》殿は、むかし、惟任殿から銭二百疋《ぴき》をもろうたことがあ

ると話しておられた。折にふれては親交もあろうが、もうご高齢
……」

「なにをおっしゃる。三年前にもう亡くなっておいでだわい」

「そうであった。とんとお見かけせんと思うておった」

甘露寺、庭田、飛鳥井、日野ら、しばしば織田家に勅使として遣わされる公家の名も考えたが、彼らとて、光秀とはさほど親しくなかろう。

「むしろ、神官のつながりで誰かおらぬのか」

「生国でそのまま育っておられるならば、親しい神官もおろうが、惟任殿はあちこち流浪なさっておる。ひとつところに定まらぬでは、神主との縁は薄かろう」

それも、もっともな話だ。

「茶の湯のつながりではどうかな」

「今井宗久《そうきゅう》をしばしば招いておるが……。宗久では信長のほうに近かろう」

「さようか」

二人の男のつかう扇の風音だけがする。

「おおっ」

二人が同時に声をあげた。

「惟任殿は、連歌をたしなむのう」

晴豊が声をひそめると、吉田が目を光らせた。

「そのこと、それがしもいま思い出した」

「里村《さとむら》ならば……」

「さよう。紹巴《じょうは》ならば、惟任殿とたいへん親しい」

里村紹巴は、当代一の連歌宗匠として人気がある。

御所や公家たちの邸宅に出入りを許されていて、公家と親しい。しかも、武家から請われて連歌の会を興行することも多い。

「あの男なら、まちがいない」

檜扇を閉じて晴豊がつぶやくと、吉田兼和がひときわ大きくうなずいた。

人の世や　里村紹巴

天正十年五月一日
京　里村紹巴邸

一

里村紹巴《さとむらじょうは》は、二つ折りにした杉原紙《すぎはらがみ》を手に持つと筆を走らせた。

——人の世や

と、上《かみ》の句《く》だけ書きつけたものの、そのあとが続かない。

しばらく四つの文字を見つめて腕を組んで考えていたが、やはり、次の句は出てこなかった。

今朝の目覚めの床で、ふと頭に浮かんだ句だ。なぜそんな句が浮かんだのか、じぶんでも分からない。ただ、みょうにべったりした目覚めだった。雨が降って湿気が多いせいか、若いころの苦労を思い出して、夢見が悪かった。

顔を洗い、朝餉《あさげ》を食べ終えても、同じ句が頭について離れなかった。どう続けたらよいのか、しばらく考えてみた。

屋敷に住み込んでいる門弟たちにあれやこれやの用事を言いつけ、何人かの来客に順に応対していたときは頭から消えていたのだが、客が帰って一段落すると、また同じ句が浮かんだので紙に書きつけてみたのである。

あらためて眺めてみると、おもしろそうではある。うまく続ければ新しい歌の世界が広げられるかもしれない。

――人の世や
連歌の発句《ほっく》としては、あまりに大上段なかまえだ。下の七五をどうたくみに詠《よ》んだとて、次の句が続けにくかろう。

しかし、だからこそ、歌の新機軸となるかもしれない――、と思って考えている。

そもそも、人の世の中とは、いったいなにか。

魔が棲《す》むか、邪が棲むか。

日《ひ》の本《もと》に三千万の人間がいるとして、この世がわが極楽浄土だと思える者はまずいるまい。天寿をまっとうして死ぬまで、いささかでも安穏とした時期があれば、それが至福というものだ。

「さて、どう続けるか……」

顔を上げて、外に目をやった。

青空が見えてはいるが、雲が多い。昨夜、ずいぶんと強い雨が降った。激しい雨に洗われて、庭の緑は鮮烈だ。

――人の世や若葉にゆらぐ露ひとつ
思い浮かべて、紹巴はちいさく首をふった。それでは発句として当たり前すぎて平凡だ。大上段にかまえた意味がない。

どうせなら、いっそのこと、

――人の世や苦界《くがい》に沈む雨わか葉
とでも、続けたらどうか。そのほうが、べったりした寝覚めの気分に近い。

紹巴は、また首を振った。

今日は、どうかしているのかもしれない。そんな暗鬱《あんうつ》なこころを詠んだところで、発句になるはずがない。

それでも、この思いつきは捨てるには惜しい気がしている。正直なところ、歌にただ時節の風雅だけを詠み込む月並みな連歌には飽き飽きしている。

また、庭を眺めた。

上京《かみぎょう》の一条通り新在家《しんざいけ》町にある里村紹巴の屋敷は、連歌師としては、いたって広壮で豪奢《ごうしゃ》な造りである。

この屋敷に、公卿《くぎょう》たちを招いて連歌を興行することがある。

そのために、大枚をはたいて広い座敷のある屋敷を手に入れた。池水と海の石を絶妙に配置した庭は、手入れがよく行きとどいている。柳はよく葉を茂らせ、桃の木になった実が艶《つや》やかに色づいている。

――人の世や桃の実ひとつ万々歳

これは、存外おもしろいのではないか……、と思いかけてから、首をひねった。どうにも馬鹿げた句しか思いつかなくなってしまったようだ。

「いかがなさいましたか」

美しい声がひびいた。庭に出てきた若党が不審げな顔でこちらを見ている。よほどへんな顔つきをしていたのかもしれない。

紹巴の屋敷には、見目《みめ》麗しく声の美しい若者が五、六人いる。連歌を興行するとき、歌を読み上げる役である。宴席にうつれば酒の酌もする。なかには色目をつかう客もいるが、それはそれでかまわない。

そんなこともあっての連歌の席である。

屋敷には、妻女とせがれや孫たちのほかに、弟子や雇いの侍、下男、下女まで合わせて、三十人ほどの人間がいる。

連歌の弟子は、京だけでなく全国にいる。京に来た大名たちは紹巴を招き、招かれて、連歌を張行《ちょうぎょう》したがる。

――よくぞ、ここまで来られたものだ。

来し方を思えば、感無量である。

紹巴は、いま、連歌宗匠の第一人者をもって自他ともに任じているが、楽な道ではなかった。そろそろ還暦の身である。ここにいたるまでには、どれだけの辛酸を嘗《な》めたことか。

もとはといえば、紹巴は奈良の貧しい家に生まれた。

父親は一乗院《いちじょういん》という門跡《もんぜき》寺院の小者《こもの》であった。一乗院は興福寺《こうふくじ》に属するたいへん威勢のある寺だったが、父はそこの湯屋番にすぎない。日がな一日、薪《まき》を割り、湯を沸かし、蒸し風呂《ぶろ》に湯気を充満させていた。幼いころの紹巴も手伝った。

汗にまみれるたいへんな重労働だったが、それでいて、浴殿には掃除のとき以外に入ったことはない。

内裏《だいり》から宮を迎える門跡寺院だけに、僧侶《そうりょ》たちは威張り散らし、小者の父などはいつも怒鳴られていた。

それでも、寺にいたありがたさで、小者の子といえども読み書きを習うことができた。利発な質《たち》だったので素読も学ばせてもらい、漢字がたくさん書けるようになった。

そのおかげで、幼いころから奈良の町で呉服商を営む海老屋《えびや》正雲という男に連歌を習った。一乗院は威勢のある裕福な寺だったので、小者の父でも束脩《そくしゅう》をはらうくらいの余裕があった。

十三の時に父が亡くなった。小者の仕事は兄が継いだ。次男だった紹巴は、一乗院と同じ興福寺に属する明王院《みょうおういん》に喝食《かつじき》として入った。有髪のまま寺の手伝いをしたのである。

寺には大勢の喝食がいた。

衣食には困らなかったし、歌会や連歌の会がしばしば催されていたから、勉強にもなった。

十九の時に、剃髪《ていはつ》して僧侶となった。

ただし、そのまま寺にいても、門地《もんち》のない紹巴が出頭《しゅっとう》できる可能性はない。

野心家だった紹巴は、当時、もっとも人気のあった周桂《しゅうけい》という連歌師が奈良にやってきた時に入門した。そのまま寺を出て、京都の周桂の屋敷に住み込んだ。

当代一の連歌師ならば、京の公家《くげ》や地方で勢力のある武家に招かれて連歌を指南する。人気が出れば、興行や指南の礼金は安くない。一晩の興行でも、数貫文《かんもん》の謝礼がもらえる。足軽や小者にしてみれば、ほぼ一年分の扶持《ふち》である。

実家の後ろ楯《だて》のない紹巴にとって、連歌こそは身を立てるのに、もっともふさわしい手段であった。

連歌には、細かい決まりがあれこれとあって、それを身につけていなければ宗匠にはなれず、興行もできない。

だからこそ、当代一の連歌師に入門して学ぶつもりだった。

せっかく人気のある師匠に入門したが、高齢だった周桂は二年後に亡くなった。

それから、京都で新しい師匠を探した。

当時、周桂とならんで人気のあったのが、谷宗牧《たにそうぼく》という宗匠である。

紹巴は、宗牧の高弟里村昌休《しょうきゅう》の門に入り、さらに連歌を学んだ。

谷宗牧がやはり高齢で亡くなると、里村昌休が連歌界の第一人者となった。

昌休のところで、八、九年も過ごしたころ、こんどは師の昌休が亡くなった。

師は四十三だったので、嫡男はまだ十四だった。とても連歌の宗匠として立つことはできない。

亡くなる直前、師の昌休は、紹巴に後事を託した。養子として里村の家に入り、子の面倒を見てほしいというのである。紹巴が二十九の時であった。

里村の家には、ほかにも大勢の門人がいた。そのなかから紹巴が選ばれたのは、なんといっても連歌の才能が認められたからであろう。

それだけ紹巴は勉強していた。連歌のことには努力を惜しまなかった。

里村家の当主となってからも、紹巴はなおいっそう才覚をはたらかせて公家にちかづいた。

連歌師は、公家たちの和歌の世界からは一段低く見られている。

そこで、近衛家と三条西家《さんじょうにし》にちかづいた。

両家とも、古今伝授《こきんでんじゅ》をつたえる家柄だ。

連歌師は乞食《こつじき》の客——と蔑《さげす》まれる時代であったが、紹巴は近衛稙家《たねいえ》から古今伝授をさずかった。稙家はいまの当主前久の父親である。

やがては公家の歌会に列席をゆるされるようになり、さらには紹巴の屋敷に公家たちがやってくるようになった。いやしい身分ながら、貴人と交流できるようになったのである。

平坦《へいたん》な道ではなかった。

その時その時、懸命に励んできた。思い返せば涙で目が潤むほど悔しい思いをしたこともあった。

努力が実り、いまはこれだけの屋敷に住むことができる。わが才覚だけで成し遂げたと思えば、感慨もひとしおだ。

紹巴は、若党に命じて茶を点《た》てさせた。

ゆるりと一服喫してから、低い文台《ぶんだい》にひろげた杉原紙《すぎはらがみ》をながめた。

その紙は、播州加美《かみ》の杉原という谷でできる。薄いがやわらかくて丈夫な紙だ。

丹波を領する明智光秀が、たくさん届けてくれた。丹波と播州の杉原はすぐ隣だという。

紹巴は光秀となんども歌仙を巻いている。これまでに大勢の武将と連歌を興行したが、光秀は抜きん出て古典の素養がある。ひとかどの人物と注目している。

詠む句も、風韻がある。

――ああいう御仁《ごじん》が、天下人《てんかびと》となったら……。

世の中は、ずいぶん風雅で住みやすくなるのではないかと思っている。

紙に書き留めた文字を、もういちど読み直した。

――人の世や
「どうにも、大上段で重たすぎる……」

そんなことは、浮かんだときから分かっていた。

発句につかうならもう少しかろみをもたせて風雅にかまえたほうがよい。なにも、わざわざべったりと世俗を詠み込む必要はない。

――巧《うま》く詠もうとかまえてはいけませぬ。ただ思いついたままに、かろやかに詠むのがよろしゅうございます。

連歌の会のときは、いつもそう教えている。

そんな自分が、今日にかぎって、重いことばにとらわれているのが不思議だった。

二

それでも、しばらく頭のなかで、さまざまな言葉を転がしていた。

老いのせいか、一度とらわれてしまうと、どうにもその言の葉に執着がわく。

「吉田様と勧修寺《かじゅうじ》様がお見えになりまする」

若い弟子が告げたので、立ち上がって玄関まで迎えに出た。そういえば、さきほど吉田兼和の用人が在宅をたしかめに来たと聞いている。

——勧修寺殿も同行とは……。

どちらも、しばしば連歌の会で顔を合わせているが、今日は歌のことでもなさそうだ。さて、なんの用かと案じながら玄関に立った。

玄関先の石畳の端にかがんでいるのは、先触れに来た吉田家の小者である。行儀よく控えているのは、吉田の躾《しつけ》が行きとどいているからだろう。あの男は、細かいところによく気がつく。

十徳《じっとく》姿のまま式台にすわって待つほどに、輿《こし》が二つ入ってきた。それぞれに何人かの供がいるから、ちょっとした行列である。

輿から降りてくる勧修寺晴豊《はれとよ》を、式台に平伏して迎えた。つづいて吉田が降りてきた。勧修寺は黒い束帯姿がいかめしい。

「これはこれは、わざわざの御来駕《ごらいが》、光栄至極にございまする」

平伏して口上を述べた。

紹巴にはなんの官位も官職もない。身分からいえば地下人《じげにん》である。その屋敷に公家衆がこだわりなく来てくれるのは、なんともありがたく名誉なことだ。

先に立って座敷に案内した。

板敷きの間《ま》に、厚畳《あつだたみ》をならべて御座を用意させておいた。

あらためて下座で平伏して、ひとしきり時候の挨拶《あいさつ》を述べたが、勧修寺も吉田も聞いているふうではない。いささか顔つきがこわばっている。

「……なにか、ございましたか」

思わずそう訊《き》いてしまうほどの緊迫感が二人にただよっている。

「まずは、近う寄るがよい」

吉田が手招きしたので、紹巴は膝《ひざ》を進めた。

「もっと近う」

吉田が厚畳を降りて、近くに寄ってきた。

息がかかるほどのそばに、紹巴もにじり寄った。

「帝《みかど》の勅命である」

吉田のことばが、紹巴の全身に鳥肌を立たせた。すっと頭が下がり、自然に両手をついて平伏していた。

「特に許すゆえ、面《おもて》を上げよ」

勧修寺晴豊がつぶやいた。

頭を上げると、二人の殿上人《てんじょうびと》の顔がすぐ目の前にある。二人とも顔が脂ぎっているし、目の下に隈《くま》がある。よほど心労があるのかと感じた。

「密勅であるゆえ、誰にも口外してはならぬ。よいな」

勧修寺のことばに、紹巴は身をひきしめた。

「かしこまりました」

吉田兼和がさらに膝を進めて、紹巴の耳元でささやいた。

「そのほうは、惟任《これとう》日向守光秀を存じておるな」

「はい。明智殿ならば、昵懇《じっこん》にさせていただいております。先日も杉原紙のよいのをたんとお送りくださいました」

吉田がうなずいた。

「ならば、なおのことよい。腹を割って話のできる仲か」

かさねて吉田がたずねたので、紹巴はうなずいた。

「歌を付け合わせておりますと、そのお方の人となりが見えてまいります。ご承知のように、歌仙を巻き終わったあとの酒の宴ではとりとめのない話もいたします。わたくしも、身分をわきまえず若いころの話をさせていただきましたし、明智殿も流浪のころの苦労話を、いつもおもしろくお聞かせくださいます」

二人の殿上人が深々とうなずいた。

「そちは、惟任光秀をどんな男と考えるか」

勧修寺晴豊がたずねた。

「……と、おっしゃいますと」

「人となりのことじゃ」

じっと紹巴の目を見すえてくる。

「それならば、将としてはまことに勇猛果敢。知略に富み、若いころにご苦労なさっただけに、臣下をつかう術《すべ》も心得ておいでです。そのうえ、古きをたずねるこころをお持ちで、連歌にせよ、茶の湯にせよ、あの方とならぶほどの将は織田家のなかに、いや、各地の武家のなかにもおいでではございますまい」

つねづね感じていることを紹巴は述べた。

「なるほどのう」

勧修寺晴豊が、鼻の下の髭《ひげ》を撫《な》でてうなずいた。

「忠義のほどはいかがじゃ。織田家への忠誠心は強いか」

「丹波一国を与えられ、なお畿内管領《きないかんれい》を任されるほどのお立場なれば、それは強うございましょう」

「しかし、あの御仁、織田家に仕えるまでは足利義昭に仕えていたとも聞く」

勧修寺がたたみ込むようにつぶやいた。

その話は紹巴も知っている。流浪時代に朝倉義景《あさくらよしかげ》に仕え、その後、細川藤孝と知り合ったところから、一時は将軍足利義昭に仕えていた。信長が義昭を放逐したとき、光秀も義昭を裏切ったかっこうになっている。

「それは、いたしかたのない時勢でございましょう」

「ふむ。時勢によっては主《あるじ》を見捨てることもあるということだな」

「…………」

答えようがなかった。紹巴は吉田の顔をまじまじと見すえた。

「甲斐では、信長に足蹴《あしげ》にされたと聞く。信長に遺恨を持っておるのではないか」

その噂は紹巴も聞いていたが、帰洛後はまだ会っていないし、仮に会ったとしてもそんなことは問いただしようがない。

「それは、わたくしには判じかねます」

二人の殿上人がうなずいた。

「では、勤王のこころはどうか。惟任光秀は朝廷を尊ぶ気持ちを持っておるか」

勧修寺の質問に、紹巴は深々とうなずいた。

「それは、まちがいなくお持ちでございます」

聞いた二人がうなずいた。

「ならば重ねてたずねる。信長への忠節と、朝廷への勤王のこころ、惟任光秀はどちらが強いか――」

勧修寺が低声《こごえ》でつぶやいたが、紹巴はなにをたずねられているのか、よく分からなかった。

「申しわけございません。おたずねの意を解しかねまする」

「朝廷と織田家を天秤《てんびん》にかけられるかというておるのだ」

吉田が顔をぐっとそばにちかづけた。この男の口が臭いことに、紹巴は初めて気づいた。

「朝廷と織田家……」

「ありていにいう。ちかごろの織田家の所業は、朝廷をないがしろにして目にあまる」

「…………」

「それゆえに、粛清せよとの勅命が下ったのだ」

紹巴はわが耳を疑った。たしかに討伐と聞こえたようだが、そんなことを吉田が口にするだろうか。

「なんと仰せで……」

「討伐の勅命が下ったと申した。密勅である」

「討伐……。織田信長殿を……、でございますか」

「さようだ」

勧修寺と吉田が同時にうなずいた。

「しかし、どうやって……」

なにしろ織田の軍勢はといえば大軍団だ。それを敵にまわして立ち向かうには、さらに大きな軍勢が必要だろう。

「それは惟任殿が考えればよいこと。討ち果たした暁には、惟任殿が征夷《せいい》大将軍となり、天下に号令を発することになろう」

「…………」

紹巴は黙した。

あまりに突然のことゆえ、頭が混乱している。

しばらくのあいだ、両手を床について瞼《まぶた》を閉じ、黙していた。自然と息が荒くなる。

織田信長こそは、いままさに天下を一統《いっとう》せんとする巨大な存在である。

誰にせよ、その勢いを止めることができるものではなかろう。

しかし、帝が――。

帝が本心からそうお考えならば、それこそが正義なのか――。

思いが千々に乱れる。

目眩《めまい》がしていた。できることならば、このまま目を開けずにすませたい。

「麿《まろ》は、明日、勅使として安土に下る。そのほうも同道せよ」

「明日……、でございますか」

「さよう。明日の早朝出立するゆえ、したくしておくがよい」

「明日は、誠仁親王様の御所で、連歌の会をもよおすお約束になっております」

勧修寺と吉田が顔を見合わせた。

「それは、わしのほうから断っておく。安土のほうが大切だ」

吉田が言った。

「しかし、わたくしが同道してなにをいたしましょうか」

「光秀に、密勅を伝えるのだ」

勧修寺がいった。

「いま、勅使は勧修寺殿と仰せでございました……」

「わしは、信長殿をなんの役職にでも推任することを伝奏《てんそう》しに参るのだ」

「…………」

紹巴は、またしても言葉を失った。

この男たちは、いや、内裏は、表と裏をたくみに使い分けようとしている。

「さような大役、わたくしにはとても務まりませせぬ」

両手を床についたまま、首を横に大きくふった。

「いや、すでに帝は本気で考えておいで。そのほうに得心してもらわねば困る」

「…………」

紹巴は二の句がつげなかった。今朝のみょうにべたついた夢見は、このことの正夢だったのか。

それから、小半刻《こはんとき》ばかりも押し問答を続け、結局は、明日、安土に同道して明智光秀に密勅をつたえて説き伏せることを約束させられた。

あまりに突然のなりゆきに、茫然《ぼうぜん》としていると、若い弟子が縁廊下《えんろうか》から声をかけた。

「明智様の御家老斎藤利三《さいとうとしみつ》様がお見えでございます」

その名前に、三人の男たちが弾《はじ》かれたように顔を見合わせた。

三

あらわれた斎藤利三は、二人の殿上人がいたので、廊下から座敷に入らず、平伏して恐縮している。

「御先客がおいででございましたら、ご遠慮申しましたのに」

「なに、かまわぬこと。明智殿の家臣のなかでも名高いそなたのこと、いちど知遇を得たいと思うておったところ」

勧修寺晴豊が、鷹揚《おうよう》に手で招いた。

あながち世辞でもなかろう。

斎藤利三は、もとは美濃の斎藤義龍《よしたつ》に仕えていたが、のちに美濃三人衆の一人稲葉一鉄《いなばいってつ》に仕えた。

一鉄と反《そ》りが合わずに飛び出し、遠縁にあたる明智光秀に一万石の筆頭家老として迎えられた。それだけ、将としての器が大きかったのであろう。稲葉一鉄は、利三の帰参を、信長を通じて光秀に申し出たが、光秀はこれを断ったともいう。

歳のころは、そろそろ五十か。顔だちは精悍《せいかん》で日に焼け、いかにも戦場往来に長《た》けているようだ。

「いまのおことばは光栄至極。しかし、このお三方が顔をおそろえならば、まずは、連歌の話に花が咲いておったところでございましょう。それがし、主の申し越しをお伝えいたしましたら、すぐにおいとまいたしまする」

「はて、言伝《ことづ》てとは。われらが消えたほうがよかろうか」

吉田が、気をつかったふうにつぶやいた。

「いえ、内密のことではございません。わが主君明智光秀は、安土での戦勝祝賀の儀が一段落いたしましたら、いったん丹波亀山の城に帰りまする。その折に紹巴殿にも亀山までご足労ねがって、ぜひとも連歌の張行を、との申し越しでございまする」

「なるほど、それはいかにもけっこうなこと……」

紹巴は、とりあえず当たり障りのない答えをした。

「では、その儀、お引き受けいただけたと伝えてよろしゅうございましょうか」

紹巴は、勧修寺と吉田の顔を見た。

目でよいか、とたずねたつもりだ。

二人がうなずいた。

その気配をなんと思ったか、斎藤がたずねた。

「どこかにお出かけの約束でもございまするか。亀山においでいただくのは、いずれ、この夏のうちのことと存ずるが」

紹巴は首を振った。

「いや。じつは、わたくしも、明日、安土に行くことになりましてな。連歌のことで、明智殿としみじみ語り合いたいと思うておりました」

そう言って、光秀に面会を求めるのがよいと、三人の相談がまとまっていた。

斎藤が、深々とうなずいた。

「それは、わが主がたいそう歓《よろこ》びましょう。合戦や政《まつりごと》のことならともかく、連歌についてなど、家中で語り合える者は一人もおらず、その点、わが主は、いたってお寂しげでござるゆえに」

「ふむ。しかし、なんじゃな、あまりに連歌や茶の湯に耽《ふけ》っておると、織田殿の御機嫌をそこねるのではないか」

吉田のことばに、斎藤がうなずいた。

「まことにそのとおりでございますが、わが主は分をわきまえて控えておいでゆえに、上様もお許しくださっているのだと存じます」

「なるほどのう……。それだけ織田殿から信を置かれているというわけか」

吉田がつぶやいた。

「御意。織田家の宿将たちの多くは、尾張以来の結びつきがありますが、わが主は新参者。それなのに畿内管領を任されるほどの信任ぶり。それだけわが主の才覚を認めておいでということでございましょう」

二人の殿上人がうなずいた。

「いや、これは主のことを褒めるなど、みっともないことをいたしました。お許しくだされ」

斎藤が、後ろにさがって頭を下げた。もう引き上げるそぶりである。

「なに、ゆるりとなさるがよい。明智殿のお噂をもうすこしうかがいたい」

「そうしたいのでござるが、それがしは、これから馬を駆けさせ、亀山の城に行かねばなりませぬ。途次ここに立ち寄って主の言伝てをお伝えに参ったばかり。明日、安土に行かれるのならば、あちらで、ゆるりと物語りなされませ」

平伏すると、斎藤はもう立ち上がっていた。

「ごめん」

引き止める間もなく帰っていった。公家衆とちがって武家は動きが速い。なにか風でも吹きすぎていった気がする。

「もう、申《さる》の刻（午後四時）になろうというのに、いまから亀山まで行くとはのう。武家は気ぜわしい」

勧修寺がつぶやいた。

「亀山なら、馬に笞《むち》をくれれば、陽のあるうちに着けましょう」

吉田が答えた。

「さほどに近いか……」

「さよう。たかだか五里ばかり。なにほどの距離ではありますまい」

「しかし、亀山に行くには、坂があったのではないか……」

「老《おい》ノ坂でございまするな」

紹巴が答えた。丹波亀山の城には、なんどか行ったことがある。京から向かうなら、そんな名の長くうねった坂を上らねばならない。

「よく知っておるのう」

「連歌師の仕事は、旅でございまするゆえ」

西行法師《さいぎょうほうし》のように、すべてを捨てて旅に生き、旅に死ねたらどんなに気ままでよかったか。

なまじ、連歌を栄達の道具にしようとしたからこそ、公家たちから嫌な役目を押しつけられた。

「麿もそろそろ引き上げよう。では、明日は夜明け前に、麿の屋敷に来るがよい。けっして約束を違《たが》えてはならぬぞ」

念を押して、二人の殿上人は帰っていった。

残された紹巴は、ぽつねんと座敷にすわっていた。

雲の多かった空に、青空が見えている。
ふと、目をやると、座敷のすみの文台の紙に一行だけ記したままになっていた。
――人の世や
いやなこと、苦しいことばかりの世の中ではないか。
こんな大上段なかまえからは、やはり、どんな句も連ねられない――。
とは思ったが、それでも、紹巴はしばらく頭をひねって、想念をころがした。
ようやく浮かんだことばを、筆を執って書きつけた。
――人の世や山も嵐の夏木立

しばらく眺めてみて、これなら、悪くない、と思った。

しかし、なお見つめていて、無力なじぶんに腹が立ってきた。

所詮《しょせん》、嵐に翻弄《ほんろう》され、吹き飛ばされる運命の病葉《わくらば》に過ぎぬ――。

そう思えば、無性に腹立たしい。

杉原紙をつかむと、紹巴は二つに引き裂いた。

それでも気がおさまらず、細かくちぎって投げすて、大きなため息をついて肩を落とした。

本書は、株式会社ＫＡＤＯＫＡＷＡのご厚意により、角川文庫『信長死すべし』を底本としました。但し、頁数の都合により、上巻・中巻・下巻の三分冊といたしました。

信長死すべし　上
（大活字本シリーズ）

2021年5月20日発行（限定部数700部）
底　本　角川文庫『信長死すべし』
定　価　（本体3,000円＋税）
著　者　山本　兼一
発行者　並木　則康
発行所　社会福祉法人 埼玉福祉会
埼玉県新座市堀ノ内3—7—31　〒352—0023
電話　048—481—2181
振替　00160—3—24404
印刷製本所　社会福祉法人 埼玉福祉会 印刷事業部

ISBN 978-4-86596-426-4

大活字本シリーズ発刊の趣意

現在，全国で65才以上の高齢者は1,240万人にも及び，我が国も先進諸国なみに高齢化社会になってまいりました。これらの人々は，多かれ少なかれ視力が衰えてきております。また一方，視力障害者のうちの約半数は弱視障害者で，18万人を数えますが，全盲と弱視の割合は，医学の進歩によって弱視者が増える傾向にあると言われております。

私どもの社会生活は，職業上も，文化生活上も，活字を除外しては考えられません。拡大鏡や拡大テレビなどを使用しても，眼の疲労は早く，活字が大きいことが一番望まれています。しかしながら，大きな活字で組みますと，ページ数が増大し，かつ販売部数がそれほどまとまらないので，いきおいコスト高となってしまうために，どこの出版社でも発行に踏み切れないのが実態であります。

埼玉福祉会は，老人や弱視者に少しでも読み易い大活字本を提供することを念願とし，身体障害者の働く工場を母胎として，製作し発行することに踏み切りました。

何卒，強力なご支援をいただき，図書館・盲学校・弱視学級のある学校・福祉センター・老人ホーム・病院等々に広く普及し，多くの人人に利用されることを切望してやみません。